P9-DWQ-451

DATE DUE

BESTSELLER

Biblioteca
DANIELLE STEEL

Vacaciones en Saint-Tropez

Traducción de
Isabel Merino

DEBOLSILLO

Título original: *Sunset in St. Tropez*

Primera edición con esta portada: junio, 2011

© 2002, Danielle Steel
© 2003 de la presente edición para todo el mundo:
Random House Mondadori, S. A.
Travessera de Gràcia, 47-49. 08021 Barcelona
© 2003, Isabel Merino Sánchez, por la traducción

Printed in The United States of America – Impreso en Los Estados
Unidos De America

ISBN: 978-84-9759-723-4
Depósito legal: B-25394-2011

Fotocomposición: Fotocomp/4, S. A.

Para los seis grandes:
Jerry y David,
Knud y Kirsten
Beverly y John,
por estar siempre disponibles para mí
en los buenos y en los malos momentos
y en los momentos importantes;
mis muy queridos amigos
con todo mi cariño,

D. S.

1

Diana Morrison encendió las velas que adornaban la mesa del comedor, puesta para seis personas. El piso era grande y elegante, con vistas a Central Park. Diana y Eric habían vivido allí diecinueve de los treinta y dos años que llevaban casados y, durante la mayor parte de ese tiempo, sus dos hijas habían vivido también allí, con ellos. Las dos se habían marchado en los últimos años, Samantha a un apartamento para ella sola, después de licenciarse en Brown, y Katherine al casarse, cinco años atrás. Eran buenas, inteligentes, cariñosas y divertidas y, pese a las previsibles discusiones que habían tenido durante la adolescencia, Diana se llevaba muy bien con ellas y las echaba de menos, ahora que eran mayores.

Pero ella y Eric disfrutaban de su tiempo solos. A los cincuenta y cinco años, seguía siendo bella y Eric siempre se había esforzado por mantener vivo el idilio entre los dos. Oía suficientes historias en su trabajo para comprender lo que las mujeres necesitaban de sus hombres. A los sesenta, era un hombre apuesto, de aspecto joven. Un año antes había convencido a Diana para que se arreglara los ojos. Sabía que ella se sentiría mejor si lo hacía, y estaba en lo cierto. Tenía un aspecto maravilloso a la luz de las velas, mientras comprobaba, una vez más, que no faltara nada en la mesa puesta para la cena de No-chevieja. Con la pequeña operación de cirugía estética se había quitado diez años de encima.

Hacía años que dejaba que el pelo mostrara su color natural, un blanco que en esos momentos refulgía como nieve recién caída. Lo llevaba en melena, con un corte inclinado perfecto que destacaba sus delicados rasgos y sus enormes ojos azules. Eric siempre le decía que estaba tan bonita ahora como cuando se conocieron. Ella era enfermera en el Columbia-Presbyterian, él, médico interno de obstetricia; se casaron seis meses más tarde y no se habían separado desde entonces. Ella dejó de trabajar al quedar embarazada de Katherine y después permaneció en casa, ocupándose de las niñas y mostrándose comprensiva con su marido cuando él se levantaba una noche tras otra para ayudar a traer niños al mundo. A Eric le encantaba su trabajo y ella estaba orgullosa de él.

Tenía una de las consultas de obstetricia y ginecología más prósperas de Nueva York y decía que todavía no estaba cansado, aunque dos de sus socios se habían retirado el año anterior. Pero a Eric no le importaban las horas extra y Diana ya estaba acostumbrada. No le molestaba que se marchara en mitad de la noche o que tuviera que cancelar una cena en el último minuto. Llevaban más de treinta años viviendo de esa manera. Él trabajaba en vacaciones y los fines de semana y adoraba lo que hacía. Fue él quien atendió a su hija Katherine cuando dio a luz a sus dos hijos.

Eran una familia perfecta en muchos sentidos y la vida se había portado bien con ellos. Tenían una vida fácil y gratificadora y un matrimonio sólido. Ahora que sus hijas eran mayores, Diana estaba muy ocupada trabajando como voluntaria en Sloan-Kettering y organizando actividades para recaudar fondos para investigación. No sintió ningún deseo de volver a su trabajo de enfermera cuando sus hijas se hicieron mayores; además, sabía que lo había dejado durante demasiado tiempo. Por otro lado, ahora tenía otros intereses; su vida había crecido a pasos agigantados en torno a ella. Su trabajo benéfico, el tiempo que pasaba con Eric, los muchos intereses compartidos, los viajes y sus dos nietos llenaban sus días.

De pie en el comedor, se volvió al oír que Eric entraba en la sala y, por un instante, él permaneció en el umbral del comedor, sonriéndole cuando sus miradas se encontraron. El lazo que los unía era evidente, la solidez de su matrimonio, rara.

—Buenas noches, señora Morrison… tienes un aspecto increíble.

Sus ojos lo dijeron antes de que lo hicieran sus palabras. Siempre era fácil ver y saber lo mucho que la amaba. Su cara era atractiva, juvenil, de rasgos pronunciados, con un hoyuelo en la barbilla y los ojos del mismo azul brillante que ella, y su pelo había pasado sin esfuerzo de rubio rojizo a gris. Tenía un aspecto particularmente atractivo vestido de esmoquin; su estado físico era bueno y se mantenía en forma, con el mismo talle esbelto y los mismos hombros anchos que cuando se casaron. Montaba en bicicleta por el parque los domingos por la tarde y jugaba al tenis siempre que no estaba de guardia el fin de semana. Por muy cansado que estuviera, jugaba a squash o nadaba todas las noches después de acabar el trabajo en la consulta. Los dos parecían salidos de un anuncio de personas sanas y atractivas de mediana edad.

—Feliz Año Nuevo, cariño —añadió él, mientras se acercaba, la rodeaba con el brazo y la besaba—. ¿A qué hora vienen?

Se refería a las dos parejas que eran sus compañeros favoritos y sus mejores amigos.

—A las ocho —dijo ella, mientras comprobaba el champán que se estaba enfriando en una cubitera de plata y él se servía un martini—. Al menos, Robert y Anne llegarán a esa hora. Pascale y John lo harán en algún momento antes de medianoche.

Eric se echó a reír al tiempo que se ponía una aceituna extra en el vaso y miraba a Diana.

Él y John Donnally habían ido juntos a Harvard y eran amigos desde entonces. Eran tan diferentes como la noche y el día. Eric era alto y enjuto, fácil de trato y de espíritu generoso. Amaba a las mujeres y, como hacía cada día en su consulta, podía pasar horas hablando con ellas. John era fornido, fuerte, irascible, tenía mal genio, discutía constantemente con su esposa y pretendía ser muy mujeriego, aunque nadie lo había visto nunca hacer nada en ese sentido. La verdad es que John amaba a su esposa, aunque habría preferido morirse antes que reconocerlo públicamente, incluso ante sus mejores amigos. Oírles hablar, a él y a Pascale, era como oír una serie de ráfagas de fuego graneado. Ella tenía un genio tan vivo como él y ocho años menos que Diana. Pascale era francesa y, cuando conoció a su marido, bailaba con el New York City Ballet. En aquel momento, tenía veintidós años y, veinticinco años después, seguía tan diminuta y graciosa como entonces, con unos grandes ojos verdes, pelo castaño oscuro y una figura increíble. Enseñaba ballet desde hacía diez años, en su tiempo libre. Solo había dos cosas evidentes que eran similares en Pascale y en John; ninguno de los dos era puntual y ambos tenían un carácter difícil y les encantaba discutir horas y horas. Habían convertido el arte de discutir por insignificancias en un deporte olímpico.

Los últimos invitados de Diana para Nochevieja eran Robert y Anne Smith. Se habían conocido treinta años atrás, cuando Eric atendió a Anne en su primer parto, y su amistad con ellos nació en ese mismo momento. Tanto Anne como Robert eran abogados. Con sesenta y un años, ella seguía ejerciendo y Robert era juez de un tribunal superior. A los sesenta y tres años, tenía el aspecto adecuadamente solemne que correspondía a su cargo. Pero su porte, a veces adusto, era una máscara que ocultaba un corazón bondadoso y tierno. Amaba a su esposa, a sus tres hijos y a sus amigos. Eric había ayudado a traer al mundo a los tres niños y se había convertido en uno de los mejores amigos de Anne.

Robert y Anne se casaron cuando estudiaban derecho, y llevaban juntos treinta y ocho años. Eran los miembros de más edad del grupo y parecían los más formales, sobre todo debido a su trabajo. Pero eran cálidos y animados cuando estaban con sus amigos y tenían su propio estilo, algo que también sucedía con los demás. No eran tan pintorescos ni nerviosos como Pascale o John ni tenían un aspecto tan joven ni tan elegante como Eric y Diana. Robert y Anne aparentaban su edad, pero eran jóvenes de corazón. Los seis amigos sentían un profundo afecto mutuo y siempre se lo pasaban bien juntos. Se veían muy a menudo, mucho más que con otros amigos.

Cenaban juntos una o dos veces al mes y, a lo largo de los años, habían compartido alegrías, esperanzas y decepciones, las preocupaciones por sus hijos e incluso el profundo dolor de Pascale por no poder tener hijos. Después de dejar la danza, los deseaba con desesperación, pero nunca logró quedarse embarazada y ni siquiera los especialistas en fertilidad que les recomendó Eric pudieron hacer nada por ellos. Media docena de intentos in vitro e incluso óvulos de donantes, todo había sido en vano. Y John se había negado tozudamente a hablar siquiera de adoptar un niño. No quería «un delincuente juvenil de otros», quería el suyo propio o ninguno. Así que con cuarenta y siete y sesenta años, seguían sin hijos; solo se tenían el uno al otro para criticarse, algo que ambos hacían con frecuencia, sobre toda una serie de temas, la mayoría de veces para gran diversión de los demás, que ya estaban acostumbrados a las acaloradas disputas que Pascale y John no hacían ningún esfuerzo por ocultar y que parecían encantarles.

En una ocasión, las tres parejas alquilaron un velero en el Caribe y en varias, una casa en Long Island. Habían ido a Europa todos juntos más de una vez y siempre disfrutaban de esos viajes en compañía. Pese a tener estilos muy diferentes, eran totalmente compatibles y los mejores amigos. No solo toleraban las flaquezas de cada uno, sino que se comprendían en las cosas importantes. Habían compartido muchas experiencias comunes a lo largo del tiempo.

Era lógico que pasaran la noche de fin de año juntos. Durante las dos últimas décadas, era una tradición que las tres parejas valoraban y con la que contaban todos los años. Cada año se reunían en una casa diferente; iban a casa de Robert y Anne para cenar temprano y pasar una noche tranquila, que acababa justo después de las campanadas de medianoche, o a casa de John y Pascale, para tomar unas cenas desorganizadas, preparadas de forma apresurada, pero deliciosas, y el champán y los vinos que John y Pascale coleccionaban y sobre los que disputaban. Ella prefería los vinos franceses y él optaba por los californianos. Pero el lugar favorito para la cena de Nochevieja era la casa de Eric y Diana. Su hogar era cómodo y elegante, la cocinera que Diana utilizaba para noches como esas era excelente y muy capaz, y nunca se entrometía. La comida era buena, los vinos eran magníficos y en aquel piso decorado de forma impecable todos sentían que tenían que exhibir su mejor aspecto y comportarse de forma también impecable. Incluso Pascale y John hacían un esfuerzo por portarse bien cuando estaban allí, aunque no siempre lo conseguían y estallaba alguna pequeña discusión sobre el nombre de un vino que ninguno de los dos podía recordar o de un viaje que querían hacer. John adoraba África, y Pascale, el sur de Francia. Con frecuencia, John hacía comentarios incendiarios sobre la madre de Pascale, a la que odiaba. Fingía odiar Francia, a los franceses y todo lo que tuviera que ver con ellos, incluyendo de forma muy especial a su suegra. Pascale le correspondía impetuosamente, con sus acerbos comentarios sobre la madre de John, que vivía en Boston. Pero pese a sus singularidades y rarezas, no cabía duda que los seis amigos sentían más que afecto unos por otros. El suyo era un profundo vínculo de cariño que había superado la prueba del tiempo y siempre tenían ganas de verse, sin importar si lo hacían con frecuencia o de tanto en tanto. Lo mejor de todo era que siempre que estaban juntos, los seis lo pasaban muy bien.

El timbre sonó exactamente a las ocho menos cinco y ni Eric ni Diana se sorprendieron cuando, al abrir la puerta, se encontraron a Anne, vestida con un traje de noche negro de cuello alto, unos discretos pendientes de perlas en las orejas y el pelo gris recogido en un moño, y a Robert, con esmoquin y el pelo blanco como la nieve y perfectamente peinado, de pie en el umbral, sonriéndoles.

—Buenas noches —dijo Robert con un destello en los ojos, mientras se inclinaba desde su considerable altura para besar a Diana y los cuatro se deseaban un feliz año nuevo—. ¿Llegamos tarde? —preguntó Robert, con aspecto preocupado. Era puntual en grado sumo, igual que Anne—. El tráfico estaba imposible.

Vivían en East Eighties, mientras que Pascale y John tenían que desplazarse desde su piso cerca del Lincoln Center, en el West Side. Pero solo Dios sabía cuándo llegarían. Para mayor complicación, había empezado a nevar, lo cual haría que les resultara difícil encontrar un taxi.

Anne se quitó el abrigo y sonrió a Diana. Aunque solo era seis años mayor que ella, parecía su madre. Tenía unos cálidos ojos castaños y llevaba el pelo gris plateado recogido en un moño. Era bonita, pero nunca se había interesado por su aspecto. Casi no llevaba maquillaje y tenía una piel sedosa exquisita. Prefería dedicar su tiempo al arte, el teatro, los libros difíciles de entender y la música, cuando no estaba ocupada en su bufete legal especializado en asuntos de familia. Era una ardiente defensora de los derechos de los niños y, en los últimos años, había gastado una enorme cantidad de dinero colaborando en la puesta en marcha de programas de ayuda para mujeres maltratadas. Era una labor de amor, por la cual había recibido numerosos premios. Robert y ella compartían la pasión por la ley, la difícil situación de los niños y de las víctimas del maltrato y ambos eran bien conocidos por su apoyo a las causas humanitarias. Unos años atrás, Anne había pensado seriamente en entrar en política y la animaban a hacerlo, pero había decidido no hacerlo por el bien de su esposo y sus hijos. Prefería la vida privada a la pública y no tenía ningún deseo de soportar la atención que se habría centrado en ella. Pese a sus considerables cualidades profesionales, era admirablemente modesta, hasta el punto de ser humilde y Robert estaba muy orgulloso de ella. Era uno de sus más abiertos admiradores.

Cuando Anne se sentó en la sala, Eric se acomodó a su lado en el sofá y le rodeó los hombros con el brazo.

—Bien, ¿y dónde habéis estado estas dos últimas semanas? Me parece que hace siglos que no nos veíamos.

Como cada año, Robert y Anne habían pasado las vacaciones en Vermont, con sus hijos y nietos. Tenían dos hijos casados y una única hija, que había terminado sus estudios de derecho hacía poco. Pero no importaba dónde estuvieran ni qué hicieran, siempre volvían para pasar la Nochevieja con sus amigos. Solo habían faltado un año, cuando el padre de Anne murió y ella tuvo que ir a Chicago, para estar con su madre. Pero excepto esa vez, la reunión era un compromiso sagrado para los seis.

—Estuvimos en Sugarbush, cambiando pañales y buscando manoplas perdidas —explicó Anne con una sonrisa.

Tenía un rostro bondadoso y ojos risueños. Tenían cinco nietos y dos nueras, que Diana intuía que a Anne no le gustaban, aunque nunca lo diría en voz alta. Ninguna de las dos trabajaba y Anne no aprobaba que sus hijos les consintieran todos los caprichos. Pensaba que las mujeres debían trabajar. Ella siempre lo había hecho. En la intimidad de su propio hogar, Anne le había dicho repetidas veces a Robert que pensaba que sus nueras estaban muy consentidas.

—Y a ti, ¿qué tal te han ido las vacaciones? —Anne sonrió a su viejo amigo al preguntarlo. Eric era como un hermano para ella, desde hacía muchos años.

—Bien, lo pasamos muy bien con Katherine y Sam. Uno de los hijos de Kathy tiró el árbol de Navidad al suelo, o por lo menos, lo intentó, y en Nochebuena, el más pequeño se metió un cacahuete por la nariz y tuve que llevarlo a urgencias para que se lo sacaran.

—Suena casi perfecto. Uno de los hijos de Jeff se rompió el brazo en la escuela de esquí —dijo Anne, con aire de preocupación y de alivio por haber dejado a sus nietos con sus padres.

Le gustaban sus hijos y sus nietos, pero no tenía reparos en admitir que la agotaban, y Robert estaba de acuerdo. Él quería a sus hijos y nietos y le encantaba pasar tiempo con ellos, pero también disfrutaba de su tiempo solo con Anne. Durante todos aquellos años, su matrimonio había sido una historia de amor, tranquila pero sólida. Él la quería con locura.

—Hace que te preguntes cómo nuestros hijos lograron sobrevivir a la niñez —dijo Diana, dándole una copa de champán y sentándose a su lado, mientras Robert permanecía de pie, bebiendo champán y mirando con admiración a su mujer. Le había dicho lo guapa que estaba y la había besado antes de salir de casa.

—No sé por qué, pero creo que todo era más fácil cuando nuestros hijos eran pequeños —suspiró Anne con una sonrisa—. Puede que fuera porque yo estaba en el despacho en aquel entonces —añadió, sonriéndole a Robert. Pese a su familia y sus trabajos, siempre habían reservado tiempo el uno para el otro y para el amor—. Ahora todo parece más lleno de tensión o puede que, cuando hay niños alrededor, mis nervios ya no son lo que eran. Los quiero mucho, pero es tan agradable pasar una noche tranquila y civilizada, con adultos… —Miró a los Morrison con placer—. En Sugarbush, los decibelios dentro de la casa alcanzaban un nivel que estuvo a punto de volver loco a Robert.

En el coche, los dos habían reconocido que estaban encantados de volver a casa.

—Voy a disfrutar mucho más de mis nietos cuando empiece a perder el oído —dijo Robert, depositando el vaso encima de la mesa de centro, justo en el momento en que sonaba el timbre de la puerta.

Eran casi las ocho y media, un récord de puntualidad para los Donnally, quienes solían llegar tarde y se acusaban mutuamente por ello, insistiendo con vehemencia que era culpa del otro. Ese día no era diferente.

Eric les abrió la puerta mientras Diana seguía hablando con los Smith y, un segundo después, todos podían oír a Pascale y John.

—Siento mucho llegar tarde —decía Pascale con su marcado acento francés.

Aunque llevaba casi treinta años viviendo en Nueva York y hablaba inglés de forma impecable, nunca había conseguido librarse de su acento ni tampoco había intentado hacerlo. Seguía prefiriendo hablar en francés siempre que era posible, con gente que se encontraba, con los vendedores de las tiendas, con los camareros y varias veces a la semana con su madre, por teléfono. John clamaba que pasaban horas al teléfono. Pese a sus veinticinco años de matrimonio, John seguía negándose rotundamente a aprender francés, aunque entendía palabras clave aquí y allí y era capaz de decir «Merde» con un acento muy convincente.

—¡John se negó en redondo a coger un taxi! —exclamaba Pascale incrédula y escandalizada mientras Eric le cogía la chaqueta con una sonrisa cómplice. Le encantaban sus historias—. ¡Me obligó a coger el autobús para venir! ¿Puedes creértelo? ¡En Nochevieja y con traje de noche!

Parecía llena de indignación mientras se apartaba un rizo de pelo negro de los ojos. Llevaba el resto del pelo recogido hacia atrás en un apretado moño, igual al que usaba cuando bailaba, solo que ahora llevaba la parte de delante menos tirante. Pese a sus cuarenta y siete años, seguía habiendo algo abrumadoramente sensual y exquisito en ella. Era pequeña, delicada y grácil y sus ojos verdes centelleaban mientras le contaba a Eric su trágica historia.

—No me negué a coger un taxi —explicó John, defendiéndose, mientras Pascale seguía quejándose de él—. ¡No encontramos ninguno!

—¡Bah! —dijo ella, lanzando rayos por los ojos, fulminando a su marido con la mirada—. ¡Ridículo! ¡Lo que pasa es que no querías pagar un taxi!

John era famoso por su cicatería entre todos los que lo conocían. Pero con la nieve que caía sin cesar, era muy posible, por lo menos en este caso, que no hubieran conseguido encontrar taxi. Por una vez, parecía estar curiosamente tranquilo ante el ataque de su mujer mientras entraban en la sala con Eric para reunirse con los demás. Estaba de un humor excelente al saludar a sus amigos.

—Perdón por llegar tarde —dijo sosegadamente.

Estaba acostumbrado a los arrebatos incendiarios de su esposa y, por lo general, no le perturbaban. Pascale era francesa, se ofendía fácilmente y se indignaba con frecuencia. John, por regla general, era mucho más tranquilo, por lo menos al principio. Le costaba un poco más reaccionar y acalorarse. Era robusto y muy fuerte. Había jugado a hockey sobre hielo en Harvard. Él y Pascale ofrecían un interesante contraste visual; ella, tan delicada y menuda, y él fuerte, con hombros anchos y lleno de vigor. Todos llevaban años comentando lo mucho que se parecían a Katherine Hepburn y Spencer Tracy.

—Feliz Año Nuevo a todos —dijo John, con una amplia sonrisa, aceptando una copa de champán que le daba Diana.

Mientras, Pascale besaba a Eric en las dos mejillas y luego hacía lo mismo con Anne y Robert. Un segundo después, Diana la abrazaba y le decía lo encantadora que estaba. Siempre lo estaba. Tenía unos rasgos exquisitos y exóticos.

—*Alors, les copains* —dijo—, ¿qué tal fue la Navidad? La nuestra fue horrible —añadió sin detenerse a respirar—. A John, el traje que le regalé le pareció espantoso y él me compró una estufa, ¿os lo podéis imaginar? ¡Una estufa! ¿Y por qué no un cortacésped o un camión?

Parecía furiosa, mientras los otros se reían y su marido se apresuraba a contestarle en defensa propia.

—No te compraría ningún tipo de vehículo, Pascale. ¡Eres una conductora pésima!

Pero por lo menos en esta ocasión lo dijo con buen humor.

—Conduzco mucho mejor que tú —dijo ella, bebiendo un sorbo de champán— y lo sabes. Incluso tienes miedo de conducir en París.

—No tengo miedo de nada francés, salvo de tu madre.

Pascale puso los ojos en blanco y se volvió hacia Robert. A él siempre le gustaba conversar con ella. Le apasionaba el ballet clásico, igual que a Anne, y el buen teatro y, a veces, él y Pascale hablaban de ballet durante horas. También le gustaba practicar su oxidado francés con ella, algo que a ella la hacía muy feliz.

El grupo charló amigablemente hasta la hora de cenar, bebiendo champán, hablando y riendo. John admitió finalmente que estaba contento de haber cogido el autobús y de haberse ahorrado el dinero del taxi y todo el mundo le tomó el pelo por ello. En su círculo, era famoso por lo poco que le gustaba gastar dinero y a todos les encantaba pincharlo. Era el blanco de innumerables chistes y disfrutaba de todos ellos.

Eric y Anne conversaron sobre el esquí en Sugarbush y Diana intervino para decir que se moría por volver a Aspen. Pascale y Robert hablaron del inicio de la temporada de ballet. Y Diana y John comentaron el estado de la economía, del mercado de valores y de algunas de las inversiones de los Morrison. John trabajaba en un banco de inversiones y le entusiasmaba hablar de negocios con cualquiera que le siguiera la corriente. Los intereses del grupo siempre habían armonizado bien y pasaban con facilidad de temas serios a otros ligeros. Cuando Diana les dijo que la cena estaba lista y que podían pasar al comedor, Anne le estaba comentando a Eric que su hijo mayor y su esposa iban a tener otro hijo. Sería su sexto nieto.

—Por lo menos, nunca quedaré traumatizada por que alguien me llame abuela —dijo Pascale, con un tono ligero, pero todos sabían que le dolía más de lo que su comentario dejaba suponer.

Todos recordaban la media docena de años durante los cuales había ido informándoles regularmente sobre los tratamientos intensivos, los medicamentos que tomaba, las inyecciones que John tenía que ponerle varias veces al día y sobre su fracaso en quedarse embarazada. El grupo les había prestado un apoyo inquebrantable, pero todo había sido en vano. Fue una época horrible para John y Pascale y todos temieron que acabara costándoles su matrimonio, pero por fortuna, no fue así.

Para Pascale la auténtica tragedia llegó cuando John se negó de forma tajante a adoptar un niño. Para ella, fue la sentencia definitiva a que la condenaban; nunca tendría un hijo. Y, por lo menos en aquella época, eso era lo único que quería. En los últimos años afirmaba que ya no pensaba en ello, pero todavía parecía nostálgica, a veces, cuando los demás hablaban de sus hijos. Eric incluso había tratado de hablar con John, de convencerlo para que adoptaran un niño, pero él se había mostrado intransigente al respecto. Su obstinación era absoluta y por mucho que significara para Pascale, se negaba a considerar siquiera la posibilidad de la adopción. No quería criar, mantener o tratar de querer al hijo de otros. Había dejado muy claro que no podía hacerlo, ni siquiera por ella. Los demás lo habían lamentado mucho por ellos.

Pero no hablaron de eso entonces mientras se dirigían hacia la mesa elegantemente dispuesta. Diana preparaba las mesas más bonitas del grupo y hacía los arreglos florales más exóticos. Esa noche había combinado aves del paraíso con orquídeas y había distribuido por toda la mesa campanillas de plata y bellos candelabros, también de plata, con altas velas blancas. El mantel bordado que cubría la mesa había pertenecido a su madre y era espectacular. El conjunto tenía un aspecto soberbio.

—No sé cómo lo haces —dijo Anne con admiración, captando la magia que Diana había creado.

Mientras, la propia Diana permanecía de pie con un aire tan elegante como su mesa, vestida con un traje de satén blanco que tenía el mismo color que su pelo y realzaba su juvenil figura. Se conservaba casi en tan buena forma como Pascale, aunque no del todo, porque esta pasaba seis horas al día bailando con sus alumnos. Anne no había recibido tantos dones como las otras dos mujeres; era atractiva, pero también alta y con huesos más grandes que ellas y, de vez en cuando, se quejaba de que la hacían sentir como una amazona cuando estaban a su lado. Pero en realidad, no le preocupaba; era brillante, divertida, segura de sí misma y era evidente, incluso para ella, lo mucho que Robert la amaba. Le había dicho con frecuencia, a lo largo de los años, que era la mujer más hermosa que había visto nunca y lo decía en serio.

Eric rodeó con el brazo a Diana y la besó antes de sentarse a la mesa, agradeciéndole el bello trabajo que había hecho, mientras Pascale dirigía una mirada fulminante a John desde el otro lado de la mesa.

—Si tú me hicieras eso, la conmoción me provocaría un ataque cardíaco —dijo riñéndolo—. Tú nunca me besas y nunca me das las gracias. ¡Por nada!

Pero pese a sus frecuentes quejas, no había rencor en su voz.

—Gracias, cariño —le respondió John sonriéndole con benevolencia desde su asiento—, por todas esas maravillosas cenas que me dejas congeladas.

Al decirlo, se echó a reír con buen humor. Con frecuencia, ella asistía a clase de danza por la noche, después de las clases que ella misma daba durante todo el día, y no tenía tiempo de prepararle la cena.

—¿Cómo puedes decir eso? La semana pasada te dejé un *cassoulet* y hace dos días un *coq au vin*… ¡No te los mereces!

—No, tienes razón. Además, cocino mejor que tú —dijo riéndose de ella.

—¡Eres un monstruo! —exclamó ella, con los verdes ojos relampagueando—. Y no pienso coger el autobús para volver a casa. Voy a coger un taxi sola, John Donnally, y no te permitiré que vengas conmigo.

Tenía un aspecto absoluta e increíblemente francés. La relación entre los dos siempre había estado hecha de fuego y pasión.

—Tenía esperanzas de que dijeras eso —replicó él, sonriendo a Diana, que servía su primer plato de ostras de Long Island.

Los seis compartían una afición particular por el marisco. Iban a tomar langosta como plato principal, seguida de ensalada y queso, como deferencia hacia Pascale, que no soportaba tomar la ensalada primero y siempre se sentía estafada si no había queso después del plato principal. Como postre, había Alaska flambeado, que era el favorito de Eric y que a los demás también les gustaba mucho. Era una comida de fiesta y una noche perfecta para los seis.

—Dios mío, ¡qué bien se come en tu casa! —dijo John con admiración cuando Diana salió de la cocina con el postre llameante y todos los asistentes aplaudieron—. Pascale, ¿por qué no le pides a Diana algunas de sus recetas en lugar de todas esas tripas, vísceras, sesos, riñones y morcillas con que me alimentas?

—Aunque lo hiciera, no me dejarías gastar el dinero —dijo Pascale con franqueza—. Además, te encantan los sesos y los riñones —añadió con naturalidad.

—He mentido. Prefiero comer langosta —replicó él, sonriendo ampliamente a su anfitriona, mientras Robert se reía entre dientes.

Las constantes peleas y pullas de los Donnally le divertían, aun después de veinticinco años oyéndolas. A todos ellos les parecían inofensivas. Sus matrimonios eran sólidos, sus parejas fiables y estables y sus relaciones sorprendentemente armoniosas en un mundo que, a la mayoría de personas, les ofrecía una escasa armonía. Todos eran conscientes de que habían sido bendecidos, no solo en sus parejas, sino también en su vínculo de amistad mutua. Robert decía que eran los seis mosqueteros y, aunque sus intereses eran diversos y, a veces, diferentes, sin embargo siempre disfrutaban del tiempo que pasaban juntos.

Eran más de las once cuando Anne comentó que tanto John como Eric habían cumplido los sesenta aquel año y que, ahora, ya no se sentía tan anciana. Era un año mayor y, el año anterior, odió llegar a los sesenta la primera.

—Tendríamos que hacer algo para celebrarlo —dijo Diana mientras tomaban el café y John encendía un puro, ya que a los demás no les importaba.

Era un gusto que Pascale compartía con él y, de vez en cuando, fumaba con él. En los últimos años, fumar puros se había puesto de moda entre las mujeres, pero Pascale lo había hecho siempre, desde que se casaron. Parecía incongruente, a la luz de su delicado aspecto.

—¿Qué propones para celebrar que ya tenemos sesenta años? —le preguntó Eric a su esposa, con una sonrisa—. ¿Un estiramiento facial para todos? Por lo menos para los hombres; ninguna de vosotras lo necesita —dijo, mirando con admiración a su esposa. Era el único secreto que no habían compartido con sus amigos, el hecho de que, siguiendo su consejo, ella se había retocado los ojos. Incluso había sido él quien le buscó el cirujano—. Creo que John tendría un aire estupendo con algunos retoques.

La verdad es que él tenía unas cuantas arrugas, pero le sentaban bien. Tenía un aire muy masculino, que encajaba perfectamente con su personalidad.

—Mejor una liposucción —dijo Pascale, mirando a su marido a través del humo.

Él encajó el comentario, impertérrito.

—Son esas malditas morcillas que me haces comer —dijo, acusador.

—¿Y si dejara de hacértelas? —lo desafió ella.

—Te mataría —respondió él sonriendo y pasándole el puro para que diera una calada, lo cual ella hizo con aire de placer.

Pese a todas sus bromas y pullas, John y ella se gustaban de verdad.

—Hablo en serio —insistió Diana. Les quedaba otra media hora hasta la media noche—. Tendríamos que celebrar la mayoría de edad de nuestros hombres. —Solo ella y Pascale estaban todavía a varios años de distancia de ese hito, aunque Diana estuviera más cerca que Pascale y no le entusiasmara ese hecho—. ¿Por qué no hacemos otro viaje juntos?

—¿Adónde propones que vayamos? —preguntó Robert con aire de interés.

Cuando podían escaparse de sus absorbentes vidas profesionales, Anne y él disfrutaban viajando a lugares exóticos. El verano anterior habían ido a Bali e Indonesia. Fue un viaje que recordarían toda la vida.

—¿Qué tal un safari en Kenia? —preguntó John esperanzado.

Pascale lo miró con repugnancia. Había ido con él a Botswana unos años antes, a una reserva de caza, y había odiado cada minuto. El único lugar donde siempre quería ir era París, para ver amigos y parientes, pero John no lo consideraba vacaciones. Le sacaba de quicio estar con la familia de Pascale y acompañarla a visitar a sus parientes, mientras ella hablaba incesantemente en francés y él no entendía nada de lo que estaban diciendo ni quería hacerlo. Adoraba a Pascale, pero parte de su familia le irritaba y la otra parte le aburría.

—Detesto África, los bichos y la suciedad. ¿Por qué no vamos todos a París? —preguntó Pascale con aire de felicidad. Adoraba París en la misma medida que John lo odiaba.

—¡Qué idea tan estupenda! —dijo él, dando una calada al puro, que acababa de encender de nuevo—. Alojémonos todos en casa de tu madre. Estoy seguro de que le encantaría. Podríamos hacer cola todos juntos, durante un par de horas, esperando que tu abuela saliera del cuarto de baño.

Como la mayoría de pisos en París, el de la madre de

Pascale solo tenía un baño y su abuela, de noventa y dos años, vivía con ella y con una tía de Pascale, ambas viudas. Era un ambiente que exasperaba a John y lo empujaba a beber un montón de bourbon siempre que estaban allí. La última vez incluso se había llevado su propia bebida, porque lo más exótico que había en el bar de su suegra era Dubonnet y vermut dulce, aunque siempre hubiera un excelente vino tinto con la cena. El padre de Pascale había sido un entendido en vinos y su madre había aprendido mucho de él. Era lo único que a John le gustaba de ella.

—No le faltes al respeto a mi abuela. Además, tu madre es incluso más imposible que la mía —dijo Pascale, con un aire muy galo y muy ofendida.

—Pero por lo menos, habla inglés.

—Tampoco querríais quedaros en casa de mi madre —comentó Diana y los demás se echaron a reír. Todos habían visto a los padres de Diana varias veces y, aunque el padre era un hombre agradable, Diana no ocultaba que su madre, organizada y dominante en extremo, siempre la sacaba de sus casillas—. En serio, ¿adónde podríamos ir juntos? ¿Qué tal el Caribe? ¿O algún lugar exótico de verdad esta vez? Buenos Aires o Río.

—Todo el mundo dice que Río es peligroso —dijo Anne con aire preocupado—. Mi prima fue el año pasado y le robaron el bolso, el equipaje y el pasaporte. Dijo que nunca volvería allí. ¿Qué os parece México?

—O Japón o China —propuso Robert, empezando a animarse con la idea. Le gustaba viajar con los otros y le tenía una afición especial a Asia—. O Hong Kong. Las chicas podrían ir de compras.

—¿Qué hay de malo en Francia? —dijo Pascale probando de nuevo y los demás se echaron a reír, mientras John fingía hundirse, desesperado, en su sillón. Iban cada verano—. Hablo en serio. ¿Por qué no alquilamos una casa en el sur de Francia? Aix-en-Provence o Antibes o Eze o ¿por qué no Saint-Tropez? Es fabuloso.

John se opuso inmediatamente, pero a Diana pareció interesarle el proyecto.

—En realidad, ¿por qué no? Podría ser divertido alquilar una casa y quizá algún conocido de Pascale podría encontrarnos algo bueno. Podríamos pasarlo mejor que viajando por algún país extranjero. Eric y yo hablamos bastante francés como para arreglárnoslas, Anne lo habla muy bien y Robert también. Pascale puede encargarse de la parte más difícil. ¿Qué os parece?

Anne sopesó la idea, con aire pensativo, y luego asintió.

—A decir verdad, me gusta la idea. Robert y yo fuimos a Saint-Tropez con los chicos hace diez años y nos encantó. Es bonito, al lado del mar, la comida es estupenda y está lleno de animación.

Robert y ella habían pasado una romántica semana allí, a pesar de los niños.

—Podríamos alquilar una casa para el mes de agosto y, John —prometió Diana poniendo una cara muy seria—, te prometo que no dejaremos que la madre de Pascale se acerque para nada.

—En realidad, puede que tengamos suerte. Siempre va a Italia en agosto.

—Lo ves, sería perfecto. ¿Qué pensáis todos? —preguntó Diana, impulsando el proyecto.

Robert mostró su aprobación asintiendo con la cabeza. Saint-Tropez sonaba bien; era civilizado y divertido y podían alquilar un barco para ir hasta otros lugares de la Riviera.

—Me gusta la idea —admitió Robert.

Eric secundó la moción.

—Voto por Saint-Tropez —dijo solemnemente—, si encontramos una casa decente. Pascale, ¿qué te parece? ¿Puedes encargarte de esa parte por nosotros?

—No hay problema. Conozco algunos agentes inmobiliarios muy buenos en París. Y si puede dejar a mi abuela, mi madre podría ir a ver algunos en mi nombre.

—No —dijo John enfáticamente—, déjala fuera de esto. Elegirá algo que detestaremos. Habla tú directamente con los agentes.

Pero no puso objeciones al lugar, aunque estaba en una zona a la que solía referirse como el país de las ranas.

—¿Es unánime, pues? —preguntó Diana, mirando en torno a la mesa, y todos asintieron—. Entonces, será Saint-Tropez en agosto.

Pascale estaba radiante. Nada en el mundo la atraía más que pasar un mes en el sur de Francia con sus mejores amigos. Incluso John parecía bastante resignado. En ese momento, Eric anunció que era medianoche.

—Feliz Año Nuevo, cariño —dijo besando a su esposa.

Robert se inclinó hacia Anne y la besó discretamente en los labios, abrazándola mientras le deseaba lo mejor para el año que empezaba. Pascale rodeó la mesa para besar a su marido, que estaba inmerso en una nube de humo, pero a ella no le importó el sabor cuando él la besó en la boca con algo más de pasión de la que había esperado. Pese a todas sus peleas y quejas, su matrimonio era tan sólido como el de sus amigos. En algunos sentidos incluso más, ya que lo único que tenían era el vínculo que los unía, sin niños para distraerlos.

—Me muero de ganas de que sea verano y estemos en Saint-Tropez —dijo Pascale con voz jadeante, al emerger de entre el humo para respirar—. Será fantástico.

—Si no lo es —dijo John, con sentido práctico—, tendremos que matarte, Pascale, ya que ha sido idea tuya.

Asegúrate de conseguirnos una casa decente. Nada de esas trampas ratoneras que les endilgan a los turistas ingenuos.

—Encontraré la mejor casa de Saint-Tropez, lo prometo —dijo, comprometiéndose ante todos ellos.

Luego volvió a coger el puro de John y le dio una calada, todavía sentada en las rodillas de su marido.

Todos se pusieron a hablar animadamente de los planes que acababan de hacer. Lo único en lo que todos estaban de acuerdo sin problemas era en que iba a ser un verano estupendo. Aquella idea que se les había ocurrido era una forma maravillosa de dar la bienvenida al año nuevo.

2

Dos semanas más tarde, volvieron a reunirse todos, esta vez en el piso de Pascale y John en el West Side, una noche que llovía a mares. Los Morrison y los Smith llegaron puntuales, como siempre, y dejaron las gabardinas y los chorreantes paraguas en el recibidor de los Donnally. La decoración del piso era ecléctica; había máscaras africanas, esculturas modernas, antigüedades que Pascale había traído de Francia y hermosas alfombras persas. Y también objetos fascinantes que había comprado durante sus viajes con el ballet.

La luz era suave y el aroma procedente de la cocina, delicioso. Pascale había preparado una crema de setas y conejo en salsa a la mostaza como plato principal. Y John había abierto varias botellas de Haut-Brion.

—Huele de maravilla —dijo Anne, calentándose las manos ante el fuego que John había encendido, mientras Pascale pasaba una bandeja con unos canapés de aperitivo.

—No creas todo lo que hueles —le advirtió John, sirviéndoles una copa de champán—. La cena la ha hecho ya sabéis quién —añadió con un gesto de advertencia.

—*Toi alors!* —le respondió Pascale con una mirada furiosa, antes de desaparecer en la cocina para ver cómo iba la cena.

Cuando volvió para sentarse con ellos en uno de los sofás de terciopelo rojo de la sala, les dijo que tenía buenas noticias para todos. Encima de la chimenea había un cuadro magnífico y velas encendidas por todas partes. En una de las paredes había docenas de fotografías de Pascale con el New York Ballet. La habitación reflejaba las personalidades de los dos, los lugares donde habían estado y su forma de vida. El ambiente de la sala era claramente francés. Incluso había un paquete de Gauloise abierto encima de la mesa. A Pascale le apetecían, de vez en cuando, mientras John fumaba sus puros.

—Venga, cuéntanos, ¿en qué has andado metida? —preguntó Diana, recostándose en el sofá, con su traje pantalón negro de corte impecable, y bebiendo champán.

Había estado trabajando mucho todo el día, organizando otra comida para recaudar fondos en Sloan-Kettering. Eric había estado en pie tres noches seguidas trayendo niños al mundo. Todos parecían más callados de lo usual y algo cansados.

—¡He encontrado una casa! —dijo Pascale, con una enorme sonrisa, mientras se dirigía hacia un magnífico escritorio antiguo que John y ella habían encontrado en Londres años atrás. Volvió con un grueso sobre de papel Manila y entregó un montón de fotografías a sus amigos—. *Voilà!* Es exactamente lo que queríamos.

Por una vez, John se reservó los comentarios; ya había visto las fotos y, aunque no le gustaba el precio, tenía que admitir que la casa sí que le gustaba. Era una vieja villa, llena de carácter, elegante, bien conservada, con hermosos jardines y deliciosos terrenos. Estaba justo al lado del mar y contaba con un pequeño muelle, con un bonito velero incluido, que sería estupendo para Eric, Robert y Anne, los más marineros del grupo. Las fotografías del interior mostraban una amplia sala llena de muebles rústicos franceses, cinco dormitorios enormes y bien decorados y un comedor lo bastante grande para dar cabida a dos docenas de personas. La cocina estaba impecable, aunque un poco anticuada, pero era acogedora y tenía mucho encanto. Y lo mejor de todo, había una sirvienta y un jardinero, que estaba dispuesto a hacer de chófer. Todos estuvieron de acuerdo en que Pascale tenía razón, parecía la casa perfecta. En realidad se llamaba Coup de Foudre, que significa «flechazo» o «rayo». Estaba disponible para todo el mes de agosto y, lógicamente, debido a lo deseable de la casa, los propietarios querían saber inmediatamente si iban a alquilarla.

—Vaya, tiene un aspecto espléndido, Pascale —dijo Diana encantada, contemplando de nuevo las fotos—. Incluso hay dos habitaciones para huéspedes; si queremos invitar a algún amigo o a alguno de nuestros hijos. Y adoro la idea de la sirvienta. No me importa cocinar, pero detesto tener que limpiar después.

—Exacto —dijo Pascale, entusiasmada al ver que les gustaba—. Es un poco cara —admitió vacilando—, pero dividida entre tres, no está tan mal.

John puso los ojos en blanco al oír la cifra, pero incluso él tenía que admitir que no era un precio desmesurado. Iba a utilizar los puntos de bonificación que tenía para cubrir la tarifa del avión y si las chicas cocinaban la mayoría de veces y no salían cada noche a cenar a restaurantes de moda, casi le parecía razonable.

—¿Crees que estará tan bien como en las fotos? —preguntó Robert prudentemente, sirviéndose otro de los canapés de Pascale.

Sus habilidades culinarias eran mucho mejores de lo que John admitía. Ya habían devorado la mayoría de los pequeños y bonitos canapés y el aroma que llegaba desde la cocina era delicioso.

—¿Por qué tendrían que mentirnos? —preguntó Pascale, con aire sorprendido. John le había planteado lo mismo—. La he buscado a través de un agente muy acreditado, pero puedo pedirle a mi madre que vaya a verla, si queréis.

—¡Cielo santo, no! —dijo John, con aspecto horrorizado—. No permitamos que se meta en esto. Les dirá que soy un rico banquero estadounidense y doblarán el precio.

Parecía angustiado solo de pensarlo y los demás se rieron de él.

—Creo que parece absolutamente perfecta —dijo Anne atinadamente. El proyecto había despertado su entusiasmo desde el principio—. Creo que tendríamos que decidirnos, para evitar que se la queden otras personas. Incluso si resulta ser un poco menos perfecta que en las fotos, ¿y qué? ¿Cómo de malo puede ser un mes en una villa en el sur de Francia? Voto porque les enviemos un fax esta noche y les digamos que sí que la queremos —dijo con decisión, dirigiendo una cálida sonrisa a Pascale—. ¡Has hecho un trabajo estupendo!

—Gracias —respondió Pascale, con una mirada extasiada.

Le encantaba la idea de un mes adicional en Francia. Siempre pasaba la mayoría de junio y todo julio con su familia en París. Pero este año también podría estar en agosto.

—Estoy de acuerdo con Anne —dijo Robert, sin vacilar—. Y me gusta la idea de las habitaciones de invitados. Sé que a nuestros hijos les encantaría ir unos cuantos días, si a vosotros no os importa.

—Apuesto a que a los nuestros también —afirmó Eric, y Diana asintió.

—No sé si el marido de Katherine podrá escaparse,

pero sé que a ella le entusiasmaría ir con los niños y Samantha está loca por Francia.

—Igual que yo —dijo Anne sonriendo—. ¿Todos de acuerdo, entonces? ¿Lo hacemos?

Calcularon rápidamente cuánto le costaría a cada pareja y, aunque John se llevó la mano al pecho, fingiendo que le fallaba el corazón, cuando convirtió la cantidad a dólares, al final todos aceptaron que, para una casa tan grande y bien cuidada como aquella, era un precio justo y valía la pena.

—Trato hecho, pues —dijo Robert, con aspecto de estar encantado.

Sabía que podría organizarse para tomarse el mes libre y quería que Anne se tomara unas vacaciones. Parecía muy cansada y hasta ella misma reconocía que trabajaba demasiado. Robert le había dicho recientemente que creía que debería pensar en retirarse. La vida era demasiado corta para pasar todas las horas del día en el despacho, en el tribunal o preparando argumentos jurídicos para sus abogados. Aunque adoraba su trabajo, la sometía a mucha tensión y sus clientes le exigían mucho. Trabajaba por las noches y, a veces, incluso durante el fin de semana y, aunque su carrera era su pasión, él estaba empezando a pensar que era hora de que aflojara la marcha. Quería pasar más tiempo con ella.

—¿Te tomarás todo el mes libre? —le preguntó a su esposa, mirándola significativamente, cuando Pascale los llamó a cenar, y Anne asintió, con una sonrisa en los ojos—. ¿Lo dices de verdad? Voy a hacer que cumplas tu palabra, ¿sabes? —dijo y, atrayéndola hacia él, la besó.

Tenía muchas ganas de que pasaran ese mes juntos, en Francia. Los dos últimos años, ella había tenido que interrumpir sus vacaciones para volver al despacho y resolver situaciones críticas de sus clientes.

—Prometo quedarme todo el tiempo —dijo ella solemnemente, y hablaba en serio. Por lo menos, en aquel momento.

—Entonces, vale cada penique que cueste —dijo Robert, feliz, mientras entraban en el comedor cogidos del brazo.

Juntos, tenían un aspecto muy distinguido y muy cálido.

—Especialmente si hay un barco —le dijo ella en broma.

Navegar con él era uno de sus mayores placeres y siempre le recordaba sus primeros veranos en Cape Cod, cuando sus hijos eran pequeños.

Los seis charlaron animadamente de la casa en Saint-Tropez toda la noche. Fue una cena alegre y amistosa. También hablaron brevemente de su trabajo y de sus hijos, pero la mayor parte del tiempo lo dedicaron a la villa y al tiempo que estaban planeando pasar en Francia.

Más tarde, mientras estaban sentados en el comedor, saboreando un Château d'Yquem, sentían la cálida sensación del placer que les esperaba. Les parecía que iba a ser un verano perfecto para todos.

—Incluso podría ir unos días antes, si me dejan, para organizarlo todo y comprar lo que necesitemos para la casa —ofreció Pascale, aunque no habría mucho que añadir; el folleto decía que la casa estaba completamente equipada con ropa de cama, toallas y todo lo necesario en la cocina.

Eric dijo que estaba seguro de que la pareja que iba incluida con la casa probablemente lo tendría todo a punto.

—No me importa ir antes de que lleguéis todos vosotros, de verdad —insistió Pascale alegremente e incluso su marido sonrió. Habían preparado un plan muy atractivo.

Era casi medianoche cuando se separaron y los Morrison y los Smith compartieron un taxi hasta el East Side. Seguía lloviendo, pero estaban de muy buen humor. Anne se recostó en el asiento del taxi y les sonrió. Robert sospechó que era el único que se daba cuenta de lo cansada que parecía. Tenía aspecto de estar agotada.

—¿Estás bien? —le preguntó Robert cariñosamente después de dejar a los Morrison.

Anne había estado más callada que de costumbre durante el trayecto y podía ver que estaba cansada. Otra vez se había estado exigiendo demasiado.

—Estoy perfectamente —dijo con menos energía que convicción—. Solo estaba pensando en lo agradable que será pasar un mes en Francia. No se me ocurre ninguna otra cosa que me gustara más hacer contigo que pasar las vacaciones así; leyendo, descansando, navegando, nadando. Me gustaría que no faltara tanto.

Parecía como si las vacaciones estuvieran todavía muy lejos.

—A mí también —respondió Robert.

El taxi los dejó frente a su casa en East Eighty-ninth Street y se apresuraron a entrar para refugiarse de la lluvia. Mientras la miraba quitarse el abrigo en su cómodo piso, pensó que su esposa parecía pálida.

—Me gustaría que te tomaras algún tiempo libre antes del verano. ¿Por qué no cogemos un fin de semana largo y nos vamos a algún sitio cálido unos cuantos días?

Se preocupaba por ella; siempre lo había hecho. Era lo más precioso de su vida. Más aún que sus hijos, Anne siempre había sido su máxima prioridad. Era su amor, su confidente, su aliada, su mejor amiga. Era el centro de su existencia.

En los treinta y ocho años que llevaban juntos, cuando estaba embarazada y en las escasas ocasiones en que había estado enferma, la había tratado como si fuera un precioso y frágil objeto de cristal antiguo. Por naturaleza, él era una persona muy cariñosa. Era algo que ella amaba en él; su ternura, su atención, la amabilidad de su carácter. Lo había percibido la primera vez que se vieron y los años le habían demostrado que no se había equivocado. En cierto sentido, ella era más resistente que él, más dura, más fuerte y, en algunas cosas, menos indulgente. Cuando defendía los derechos de sus clientes o a sus hijos, era temible, pero su corazón siempre había pertenecido a Robert. No se lo decía con frecuencia, pero el suyo era un vínculo que había vencido la prueba del tiempo y necesitaba de pocas palabras. Cuando eran jóvenes, solían hablar más, de sus esperanzas, de sus sueños y de cómo se sentían. Robert era el romántico, el soñador que imaginaba cómo serían los años venideros. Anne siempre era más práctica y más inmersa en su vida diaria. Con el paso de los años, parecía haber menos necesidad de hablar, menos necesidad de planear y mirar hacia adelante. Se limitaban a avanzar, cogidos de la mano, un año tras otro, satisfechos con lo que habían hecho, respetando las lecciones aprendidas. La única tragedia compartida fue la pérdida de su cuarto hijo, una niña, al nacer. Anne había quedado deshecha, pero se había recuperado rápidamente, gracias al apoyo y a las atenciones de Robert. Fue Robert quien lloró a la pequeña durante años y quien todavía hablaba de ella de vez en cuando. Anne había dejado atrás su duelo y, en lugar de lamentar lo que había perdido, estaba satisfecha con lo que tenía. Sin embargo, sabiendo lo profundamente que Robert sentía las cosas, tenía cuidado con sus emociones y era siempre amable. Él era la clase de persona a quien se quiere proteger de las cosas que hacen daño. Anne siempre parecía un poco más capaz que él para encajar los golpes que da la vida.

—¿Qué quieres hacer mañana? —le preguntó él, cuando ella se metía en la cama, a su lado, con un camisón de franela azul.

Era una mujer atractiva, no guapa, pero sí distinguida, elegante y bien parecida. En algunos aspectos, pensaba que era, ahora, incluso más atractiva que cuando se casaron. Tenía ese aspecto que mejora con el paso del tiempo. Se conservaba bien, su compañera de toda la vida.

—Mañana, quiero dormir hasta tarde y luego leer el periódico —respondió ella, bostezando—. ¿Quieres que vayamos al cine por la tarde?

Les gustaba el cine; por lo general, películas extranjeras o melodramas que, la mayoría de veces, hacían llorar a Robert. Cuando eran jóvenes, Anne solía burlarse de él. Ella nunca lloraba en el cine, pero adoraba la ternura de su marido y su bondadoso corazón.

—Suena bien.

Lo pasaban bien juntos, les gustaban las mismas personas, disfrutaban de la misma música y de los mismos libros, de la mayoría de las mismas cosas, más aun ahora que en sus primeros años juntos. Al principio, había más diferencias entre ellos, pero Robert había compartido tanto con ella a lo largo del tiempo, que sus gustos habían confluido y sus diferencias, desaparecido. Lo que compartían ahora era enormemente confortable, como una enorme cama de plumas en la que se sumergían, cogidos de la mano, totalmente a sus anchas.

—Me alegro de que Pascale haya encontrado la casa —dijo Anne mientras se iba quedando dormida, acurrucada contra él—. Creo que este verano que viene lo vamos a pasar bien de verdad.

—Me muero de impaciencia por ir a navegar contigo —dijo él, atrayéndola hacia sí.

Se había sentido excitado, unas horas antes, mientras se vestían para ir a casa de los Donnally, pero ahora, ella parecía tan cansada que le habría parecido injusto tratar de que hicieran el amor. Trabajaba demasiado, se exigía demasiado. Tomó nota mentalmente de hablarle de ello al día siguiente; no la había visto tan agotada desde hacía años. Ella se quedó dormida entre sus brazos, casi instantáneamente. Unos minutos después, también él dormía, roncando con suavidad.

Eran las cuatro de la madrugada cuando se despertó y oyó a Anne en el baño; tosía y parecía que estuviera vomitando. Veía la luz por debajo de la puerta y esperó un poco para ver si volvía a la cama, pero al cabo de diez minutos no se oía nada y ella seguía sin salir del baño. Finalmente se levantó y llamó a la puerta, pero ella no contestó.

—Anne, ¿estás bien? —Esperaba oírle decir que no le pasaba nada y que volviera a la cama, pero de allí dentro no salía sonido alguno—. ¿Anne? Cariño, ¿te encuentras mal?

La cena que Pascale había preparado era deliciosa, pero sustanciosa y muy condimentada. Esperó un par de minutos más y, luego, giró suavemente el pomo y miró al interior. Lo que vio fue a su esposa, caída en el suelo, con el pelo desordenado y el camisón torcido. Era evidente que había estado vomitando; estaba inconsciente y tenía la cara gris, con los labios casi azules. Verla así lo aterrorizó.

—Oh, Dios mío… Oh, Dios mío…

Le tomó el pulso y notó que todavía latía, pero no veía que respirara. No estaba seguro de si tenía que intentar reanimarla o llamar al 911. Finalmente, corrió a buscar su móvil, volvió al lado de su esposa y llamó desde allí. Trató de sacudirla, mientras la llamaba por su nombre, pero Anne no daba señales de recuperar el conocimiento y Robert veía que los labios se le iban volviendo de color azul oscuro. La telefonista del 911 ya estaba al teléfono. Le dio su nombre y dirección y le dijo que su esposa estaba inconsciente y que apenas respiraba.

—¿Se ha dado un golpe en la cabeza? —preguntó la telefonista con un tono profesional y Robert luchó por contener sus lágrimas de terror y frustración.

—No lo sé… Haga algo… por favor… envíe a alguien enseguida…

Acercó la mejilla a la nariz de ella, sin soltar el teléfono, pero no notó respiración alguna y, esta vez, cuando le buscó el pulso, pensó que había desaparecido y, aunque luego lo encontró de nuevo, apenas podía notarlo. Era como si se estuviera alejando rápidamente de él y él no pudiera hacer nada para evitarlo.

—Por favor… por favor, ayúdeme… Creo que se está muriendo…

—La ambulancia va de camino —dijo la voz, tranquilizándolo—, pero necesito que me dé un poco más de información. ¿Cuántos años tiene su esposa?

—Sesenta y uno.

—¿Ha tenido problemas de corazón?

—No, estaba cansada, muy, muy cansada y está agotada —respondió y luego, sin decir nada más, dejó el teléfono y se puso a hacerle la reanimación boca a boca. Oyó cómo recuperaba la respiración y suspiraba, pero no dio ninguna otra señal de vida. Estaba igual de gris que antes. Robert volvió a coger el teléfono—. No sé qué le pasa, quizá se desmayó y se golpeó la cabeza. Ha vomitado…

—¿Le dolía el pecho antes de devolver? —preguntó la voz.

—No lo sé. Yo estaba durmiendo. Cuando me desperté, la oí toser y vomitar y cuando entré en el cuarto de baño, estaba inconsciente en el suelo. —Mientras hablaba, oyó cómo se acercaba una sirena y lo único que podía hacer era rezar por que fuera una ambulancia para ella—. Oigo una ambulancia… ¿es la nuestra?

—Espero que sí. ¿Qué aspecto tiene ahora? ¿Respira?

—No estoy seguro… Tiene un aspecto terrible.

Estaba llorando, aterrorizado por lo que estaba sucediendo, aterrado por el aspecto que ella tenía. Mientras se enfrentaba a todo lo que sentía, sonó el timbre de la calle y corrió a apretar el botón del portero automático para que entraran. Abrió la puerta del piso, la dejó abierta de par en par y volvió corriendo con Anne. No había cambiado nada, pero en unos segundos, los enfermeros le pisaban los talones y entraban en el baño. Eran tres. Lo apartaron a un lado y se arrodillaron al lado de ella. La auscultaron, le examinaron los ojos y el responsable ordenó a los otros dos que la pusieran en la camilla que habían traído. Mientras los seguía abajo, lo único que Robert logró oír entre la confusión de sus voces fue «desfibrilador». Todavía iba en pijama y apenas tuvo tiempo de coger su abrigo y ponerse los zapatos mientras se metía el móvil en el bolsillo del abrigo, cogía la cartera de encima de la cómoda y los seguía a todo correr. Cuando llegó afuera, ya habían metido a Anne en la ambulancia y tuvo el tiempo justo de saltar al interior, a su lado, antes de que arrancaran.

—¿Qué le ha pasado? ¿Qué le está pasando?

Se preguntaba si se habría atragantado con algo al vomitar y se habría ido ahogando sin hacer ruido, pero los enfermeros le dijeron que había tenido un ataque al corazón. Mientras se lo explicaban, uno de ellos le rasgó el camisón y le puso el desfibrilador en el pecho. Los senos de Anne quedaron al descubierto y Robert hubiera querido cubrírselos, pero sabía que no era momento para preocuparse por el pudor. Parecía que se estaba muriendo. El corazón se le había parado. Le habían puesto una máscarilla de oxígeno. Mientras Robert observaba horrorizado cómo todo su cuerpo se convulsionaba, ellos repitieron la operación.

—Oh, Dios mío… oh, Dios mío… Anne —susurraba sin apartar los ojos de ella, sosteniéndole la mano—, cariño… por favor… por favor…

El corazón empezó a latir de nuevo, pero era evidente que estaba en una situación desesperada y Robert no se había sentido tan impotente en toda su vida. Solo unas horas antes, estaban cenando con sus amigos y ella parecía cansada, pero nada que pareciera indicar algo tan trágico como esto. De haber sido así, él la hubiera llevado directamente a urgencias.

Los enfermeros estaban demasiado ocupados para hablar con él, pero según dijeron al contactar con el hospital más cercano por radio, por el momento, parecían satisfechos con el estado de Anne. Robert marcó el número de Eric en el móvil con manos temblorosas. Eran ya las cuatro y veinticinco de la mañana y Eric contestó al segundo timbrazo.

—Estoy en una ambulancia, con Anne —dijo Robert, con voz temblorosa—. Ha tenido un ataque al corazón y ha necesitado que la reanimaran. Acaban de conseguir que vuelva a latir; Dios mío, Eric, está gris y tiene los labios azules —dijo de forma incoherente, sollozando sin parar.

Eric se incorporó inmediatamente y encendió la luz. Diana se rebulló; estaba acostumbrada a las llamadas que llegaban, en mitad de la noche, desde la sala de partos y era raro que se despertara, pero esta vez había algo extraño en el tono de voz de Eric y lo miró entrecerrando los ojos.

—¿Está consciente? —preguntaba Eric en voz queda.

—No..., la encontré en el suelo del baño... pensé que quizá se había dado un golpe en la cabeza... No sé... Eric, parece como si... —Apenas podía unir una palabra con otra.

—¿Adónde la llevan?

—Lenox Hill, me parece.

Solo estaba a unas pocas manzanas.

—Estaré allí dentro de cinco minutos. Me reuniré contigo en urgencias o en la UCI de cardiología. Ya te encontraré... y Robert, se pondrá bien... ¡Ánimo!

Quería tranquilizarlo desesperadamente y esperaba estar en lo cierto.

—Gracias —fue todo lo que Robert pudo decir antes de poner fin a la llamada. Los enfermeros tenían el desfibrilador preparado de nuevo, pero el corazón de Anne siguió latiendo hasta que llegaron al hospital y allí, en la acera, había ya un equipo de cardiología esperándola. La taparon con una manta, la sacaron de la ambulancia y la metieron en el hospital antes de que Robert pudiera dar las gracias a nadie ni decir nada. La camilla pasó, prácticamente volando, por su lado y lo único que pudo hacer fue correr tras ella. La llevaron directamente a la UCI de urgencias coronarias y Robert permaneció allí, con su abrigo y su pijama, sintiéndose inútil. De repente, parecía y se sentía como si tuviera mil años; lo único que quería era estar con su amada Anne. No quería abandonarla en manos de extraños.

Al cabo de unos minutos, un médico residente salió para hacerle una serie de preguntas. Cinco minutos más tarde, Eric estaba a su lado, en el pasillo, y Diana había venido con él. Se había despertado por completo al oír lo que Eric le preguntaba a Robert y había insistido en ir con él al hospital. Ambos llevaban vaqueros y gabardinas y sus caras mostraban una terrible preocupación. Pero Eric, al menos en apariencia, conservaba la calma y sabía cómo hacer las preguntas adecuadas. Entró en la unidad coronaria, dejando a Robert con Diana. Cuando volvió era evidente que no traía buenas noticias.

—Está fibrilando de nuevo. Está librando una batalla encarnizada.

Parecía que era la segunda vez que el corazón de Anne se detenía desde que la ingresaron en la unidad. El cardiólogo residente le dijo a Eric que no le gustaba el aspecto de sus constantes vitales. Cuando llegó, estaba muy cerca de la muerte.

—¿Cuándo empezó? —le preguntó Eric a Robert.

Diana apretaba la mano de su amigo entre las suyas y Eric le rodeaba los hombros con el brazo, mientras Robert lloraba lastimeramente al contarles lo que había pasado.

—No lo sé. Me desperté a las cuatro. Ella estaba tosiendo y pensé que estaba vomitando por el ruido que hacía. Esperé unos minutos y luego, ya no se oía nada; y cuando entré estaba en el suelo, inconsciente.

—¿Tenía dolores en el pecho cuando llegasteis a casa anoche? —Eric frunció el ceño al preguntarlo.

No es que en esos momentos importara. Empezara cuando empezara, había sido un ataque muy fuerte y el cardiólogo tenía muchas dudas sobre sus posibilidades de sobrevivir. No presentaba buen aspecto.

—Solo estaba muy cansada, pero por lo demás, parecía estar bien. Habló de la casa en el sur de Francia y de ir al cine mañana. —La cabeza le daba vueltas y miró a

Diana desde su considerable estatura, pero casi parecía no verla. Estaba en estado de choque por todo lo que acababa de pasar—. Tendría que llamar a los chicos, ¿no? Pero no quiero asustarlos.

—Ya los llamo yo —dijo Diana en voz baja—. ¿Te acuerdas de sus números?

Robert recitó una serie de números. Diana los fue anotando y luego dejó a Robert con Eric y fue a llamar a los hijos de Anne y Robert. Los conocía lo bastante como para asumir la responsabilidad de darles malas noticias.

—Oh, Dios mío —balbuceó Robert cuando Eric lo obligó a sentarse—, ¿y si…?

—No te precipites, la gente sobrevive a cosas así. Procura mantener la calma. No la vas a ayudar si te desmoronas o te pones enfermo. Va a necesitar que seas fuerte, Robert.

—La necesito —dijo este con voz estrangulada—, no podría vivir sin ella.

Eric rogaba en silencio por que no tuviera que hacerlo, pero no parecía, en absoluto, nada seguro. Solo podía imaginar lo duro que debía de resultarle. Sabía lo unidos que estaban y lo felices que habían sido durante casi cuarenta años. A veces, como todos los que han vivido venturosamente tanto tiempo juntos, parecían dos mitades de una misma persona.

—Ahora tienes que aguantar —decía Eric, de pie a su lado, palmeándole la espalda cuando Diana volvió.

Había hablado con los tres hijos de Robert y Anne y le habían dicho que irían al hospital inmediatamente. Los dos chicos vivían en el Upper East Side y su hija Amanda vivía en SoHo, pero a esa hora —ya eran las cinco de la mañana— sería fácil encontrar taxis. Hacía casi una hora que Robert había encontrado a Anne y que la pesadilla había empezado.

—¿Me dejarán verla? —dijo Robert con una voz llena de pánico.

Nunca se había sentido tan débil, tan incapaz de hacer frente a una situación. A todos los efectos prácticos, siempre se había considerado un hombre fuerte, y lo mismo había hecho Anne, pero sin ella, de repente sentía que todo su mundo, toda su vida se desmoronaba a su alrededor y lo único que podía pensar era en el aspecto que ella tenía, caída allí en el cuarto de baño, con el rostro grisáceo e inconsciente.

—Te dejarán verla en cuanto sea posible —dijo Eric tranquilizándolo—. Ahora están trabajando muy duro, haciendo muchas cosas. Que tú estuvieras allí, solo aumentaría la confusión.

Robert asintió y cerró los ojos. Diana, sentada a su lado, le sostenía la mano, apretándosela con fuerza. Rezaba por Anne, pero no quería decírselo a Robert. Ni siquiera se había entretenido en peinarse antes de salir corriendo con Eric.

—Quiero verla —dijo Robert finalmente, con aire de desesperación.

Eric se ofreció para entrar en las profundidades de la UCI para ver qué tal estaba Anne. Pero cuando llegó allí, lo que vio no fue un panorama tranquilizador. La habían intubado, estaba conectada a un respirador artificial y había media docena de monitores a su alrededor, pitando frenéticamente. Le habían puesto una vía intravenosa y todo el equipo estaba ocupándose de ella, con el jefe gritando órdenes a todos los demás. Eric supo con una sola mirada que no había modo alguno de que dejaran entrar a Robert para verla y pensó que, por el momento, era mejor así. Robert se hubiera sentido aterrorizado.

Cuando Eric volvió afuera, a la sala de espera, ya habían llegado los dos hijos de Robert, con caras preocupadas, y Amanda llegó solo unos minutos más tarde. Al parecer, todos habían hablado con ella en los últimos días y todos ellos se sentían anonadados. Les había parecido que estaba bien, sana, activa como de costumbre y dominando la situación y ahora, en un instante, estaba luchando por su vida y todos eran impotentes para salvarla. Mandy se abrazó a su hermano menor, llorando, de pie en el vestíbulo. El mayor estaba sentado al lado de su padre, con Diana al otro lado, todavía cogiéndole la mano. Pero no había nada que ninguno de ellos pudiera hacer, solo esperar.

Acababan de dar las siete cuando el cardiólogo jefe salió para decirles que Anne había tenido otro ataque cardíaco masivo, sin recuperar el conocimiento, y que no hacía falta que les dijera lo grave que era la situación; todos lo sabían. Robert se cubrió la cara con las manos y rompió a llorar. Estaba totalmente deshecho por lo que había pasado y no le avergonzaba mostrarlo. Si el amor hubiera podido traerla de vuelta, lo que él sentía por ella lo habría logrado.

Fue una noche larga y triste y justo a las ocho de la mañana, cuando Diana volvía de la cafetería con cafés para todos, regresó el cardiólogo con una expresión solemne. Eric lo vio primero y supo sin necesidad de palabras lo que había sucedido.

Robert también lo comprendió; se puso en pie y lo miró, como queriendo conjurar las palabras, antes de que las dijera.

—No —dijo, negándose a creer lo que todavía no se había dicho—, no. No quiero oírlo.

Parecía aterrado, pero súbitamente fuerte y casi furioso. Tenía una mirada enloquecida, extraña para todos los que le conocían. Rompía el corazón verlo de aquella manera.

—Lo siento, señor Smith. Su esposa no ha sobrevivido al segundo ataque. Hemos hecho todo lo que hemos podido. Intentamos reanimarla... pero se nos quedó entre las manos. Lo siento muchísimo.

Robert permaneció de pie, con la mirada fija en el médico, como si estuviera a punto de desplomarse. En un instante, Amanda se lanzó entre sus brazos, sollozando sin control por la pérdida de su madre. Ninguno de ellos podía creer lo que acababa de suceder. Parecía imposible, solo unas horas antes habían estado cenando juntos todos los amigos y, ahora, ella estaba muerta. Robert ni siquiera podía empezar a asimilarlo; mientras abrazaba a su hija, se sentía como si fuera de madera y, al mirar por encima del hombro de Amanda, lo único que veía era a Eric y a Diana, llorando, y a sus dos hijos abrazados y sollozando.

El doctor le dijo con el máximo tacto posible que tendría que hablar con alguien para hacer los arreglos necesarios y que, mientras tanto, tendrían a Anne allí. Mientras lo escuchaba, Robert empezó a sollozar.

—¿Qué arreglos? —preguntó con voz ronca.

—Tendrá que llamar a una funeraria, señor Smith, y hablar con ellos. Lo siento mucho —repitió y luego se dirigió al mostrador de la UCI para hablar con las enfermeras. Había formularios que tenía que rellenar antes de acabar su guardia.

Robert y los demás permanecieron sin objeto en la sala de espera, mientras empezaban a llegar otras visitas. Eran casi las nueve de un sábado por la mañana y venían a ver a otros pacientes.

—¿Por qué no vamos a nuestra casa un rato? —propuso Eric con voz queda, secándose los ojos y rodeando a Robert con un brazo firme—. Podemos tomar un café y hablar —dijo, mirando a Diana, quien asintió, tomando a Amanda bajo su protección.

Robert salió de la sala flanqueado por sus dos hijos, con Eric siguiéndoles de cerca. Cruzaron el hospital a ciegas y salieron a la mañana invernal. Hacía un frío glacial después de la lluvia de la noche anterior y parecía que se preparaba otra tormenta. Pero Robert no veía nada. Cuando entró en un taxi con sus hijos, se sentía sordo, mudo y ciego. Eric y Diana cogieron otro coche justo después y cinco minutos más tarde estaban en el piso de los Morrison.

Diana se movió rápida y silenciosamente en la cocina, haciendo café y tostadas para todos, mientras Robert permanecía sentado con los demás en la sala, deshecho.

—No puedo comprenderlo —dijo cuando ella puso una taza de café delante de él sobre la mesita—. Anoche estaba bien. Lo pasamos tan bien y lo último que dijo antes de quedarse dormida fue que le hacía mucha ilusión ir a la casa en Francia este verano.

—¿Qué casa en Francia? —preguntó, desconcertado, Jeff, el hijo mayor.

—Hemos alquilado una casa en Saint-Tropez con los Donnally y tus padres para el mes de agosto —explicó Eric—. Estuvimos mirando fotos anoche y tu madre parecía estar bien. Aunque ahora que lo pienso, parecía cansada y estaba pálida, pero lo mismo les pasa a todos los habitantes de Nueva York en invierno. No le di importancia.

Eric estaba furioso consigo mismo por no haber sospechado nada.

—De camino a casa le pregunté si estaba bien —dijo Robert, dándole vueltas de nuevo a todo aquello en su cabeza—. Parecía agotada, pero siempre trabajaba tanto…, no parecía nada inusual. Hoy iba a dormir hasta tarde.

Y ahora estaba dormida para siempre. Robert sintió que lo inundaba una oleada de pánico cuando se dio cuenta de que no había pedido que le dejaran verla, pero supuso que tendría la oportunidad de hacerlo más tarde. No había podido pensar en nada más que en la abrumadora pérdida que acababa de sufrir. Era como si en esos momentos sintiera que si rebobinaba la película en su cabeza las veces suficientes, podría hacer que acabara de forma diferente a como lo había hecho. Como si al mirarla de nuevo, pudiera ver que ella estaba más que cansada y fuera capaz de salvarla. Pero la tortura que había ideado no tenía sentido, todos lo sabían.

Tomó solo dos sorbos de café y ni tocó las tostadas que Diana les había preparado. No podía pensar en comer nada en absoluto; lo único que quería era ver a Anne y estrecharla entre sus brazos.

—¿Qué hacemos ahora? —preguntó Amanda, sonándose con uno de los pañuelos de papel de la caja que Diana había dejado discretamente encima de la mesa.

Amanda tenía veinticinco años y nunca había experimentado ninguna pérdida como esta ni, en realidad, ninguna otra. La muerte le era totalmente desconocida. Sus abuelos habían muerto cuando era demasiado pequeña para recordarlo. Ni siquiera había perdido una mascota en toda su vida. Se trataba de una pérdida muy grande para empezar.

—Puedo encargarme de una parte por vosotros —dijo Eric amablemente—. Llamaré a Frank Campbell esta mañana.

Era una funeraria prestigiosa que, desde hacía muchos años, se cuidaba de los neoyorquinos, algunos tan famosos como Judy Garland.

—¿Tienes alguna idea de qué quieres hacer, Robert? ¿Quieres que la incineren? —preguntó Eric.

La pregunta hizo que Robert se desmoronara en un instante. No quería que la incineraran, la quería viva de nuevo, en el salón de los Morrison, preguntándoles por qué estaban siendo tan tontos. Pero esto no era tonto. Era insoportable, impensable, intolerable, para su esposo, para sus hijos. En realidad, ellos lo estaban llevando mejor que él.

—¿Puedo hacer algo para ayudar, papá? —ofreció Jeff suavemente y su hermano menor, Mike, trató de ponerse a la altura de las circunstancias.

Ambos habían llamado a sus esposas y les habían dado la noticia. Unos minutos después, Diana salió discretamente para llamar a Pascale y John, que quedaron anonadados cuando les dijo que Anne había muerto aquella mañana. Al principio, no podían entenderlo.

—¿Anne? Pero si estaba perfectamente anoche —insistía Pascale, igual que habían hecho todos—. No puedo creerlo… ¿Qué ha pasado?

Diana le contó lo que sabía y Pascale, llorando, fue a decírselo a John, que estaba leyendo el periódico. Media hora más tarde, también ellos llegaban a casa de los Morrison y era más de la una cuando Robert fue finalmente a su casa a vestirse. Cuando vio las luces encendidas y, en el suelo del cuarto de baño, las toallas que había puesto allí para taparla y abrigarla, rompió a sollozar, angustiado, de nuevo, y cuando se dejó caer en la cama, olió su perfume en la almohada. Era más de lo que podía soportar.

Por la tarde, Eric fue a Campbell con él y le ayudó a cumplir con el insoportable martirio que se le imponía, tomando decisiones, encargando flores, eligiendo un ataúd. Escogió uno magnífico, de caoba con el interior de terciopelo blanco. Todo aquello era una pesadilla. Le dijeron que podría ver a su esposa más tarde cuando llegara del hospital. Y cuando la vio, con Diana de pie a su lado, se derrumbó por completo. Estrechó la forma inerte de Anne entre sus brazos, mientras Diana los miraba, llorando en silencio. Aquella noche, fue a casa de Jeff a cenar con sus hijos. Jeff y su esposa insistieron en que pasara la noche con ellos y él se sintió aliviado de hacerlo. Mandy se quedó con Mike y su esposa Susan en su piso. Ninguno de ellos quería estar solo y daban gracias por tenerse unos a otros.

Los Donnally y los Morrison cenaron juntos, todavía incapaces de comprender qué había pasado. Solo la noche antes Anne había estado con ellos y, ahora, estaba muerta y Robert, desquiciado.

—Detesto tocar un tema tan poco diplomático en estas circunstancias, pero estaba pensando qué vamos a hacer con la casa de Saint-Tropez —dijo Diana con cautela, mientras contemplaban tristemente sus platos, con la comida china que habían comprado lista para comer y que apenas habían tocado.

Nadie tenía hambre y en casa de Jeff, Robert estaba, literalmente, dejándose morir de hambre. No había tocado comida alguna desde la noche antes y no quería hacerlo.

—Como estás siendo poco diplomática —dijo John con un aspecto tan deprimido como los demás—, yo también lo seré. La casa es demasiado cara dividida entre dos y no tres parejas. Tendremos que dejarla —dijo tajante.

Pascale miró incómoda a su marido.

—No creo que podamos hacerlo —dijo en un susurro.

—¿Por qué no? Ni siquiera les hemos dicho que nos la quedábamos.

Habían acordado enviar un fax desde el despacho de Anne el lunes.

—Sí que se lo hemos dicho —dijo Pascale, con aire contrito.

—¿Qué significa eso? —preguntó John, mirándola sin entender.

—Es una casa tan estupenda y yo tenía miedo de que alguien se la quedara, así que le pedí a mi madre que pagara el depósito en cuanto el agente me llamó. Estaba segura de que a todos nos encantaría.

—Espléndido —dijo John con los dientes apretados—. Tu madre no ha pagado ni un tubo de dentífrico durante años, sin hacer que se lo enviaras o lo pagaras, y ¿de repente hace un depósito para una casa? ¿Antes incluso de que estuviéramos de acuerdo? —Miró a Pascale severamente, incapaz de creer lo que acababa de oír.

—Le dije que le devolveríamos el dinero —dijo Pascale, en voz baja, mirando a su marido con aire de disculpa.

Pero la casa había resultado ser tan buena, en todo, como el agente había prometido y a todos les habían encantado las fotografías, o sea que no se había equivocado.

—Dile que pida que le devuelvan el dinero —dijo John con firmeza.

—No puedo. No es reembolsable; lo explicaron antes de que le dijera que pagara.

—Oh, por todos los santos, Pascale, ¿por qué diablos hiciste una cosa así? —John estaba furioso con ella, pero era evidente que estaba mucho más trastornado por la muerte de Anne y no sabía cómo expresarlo—. Bien, pues ya puedes pagarlo tú misma, con tu propio dinero. Nadie va a querer ir allí ahora y seguro que Robert no irá sin Anne. Se acabó. Olvídate de la casa.

—Quizá no —dijo Diana sosegadamente—. Faltan seis meses y medio hasta entonces. Puede que Robert se sienta mucho mejor para entonces y quizá le siente bien alejarse de aquí, ir a algún sitio donde nunca haya estado, con todos nosotros alrededor para hacerle compañía y consolarlo. Creo que tendríamos que hacerlo.

Eric la miró pensativamente y asintió.

—Creo que tienes razón —dijo apoyándola.

John no estuvo de acuerdo.

—¿Y si no quiere ir? Entonces estamos atrapados; dos partes resultan muy caras. Yo no voy. Y no voy a pagar —dijo con una mirada encolerizada.

—Entonces lo haré yo —dijo Pascale, mirándolo furiosa—. Eres tan mezquino, John Donnally, que estás utilizando esto como excusa para no gastar dinero. Yo pagaré nuestra parte y tú puedes quedarte en casa, o ir a ver a tu madre a Boston.

—¿Desde cuándo eres tan espléndida? —dijo en un tono que la disgustó profundamente.

Sin embargo, al igual que los demás, lo que la afligía era lo que había pasado con Anne, no las palabras de su marido.

—Creo que es necesario que estemos juntos y Robert nos necesitará más que nunca —insistió Pascale.

Los Morrison estuvieron de acuerdo con ella y trataron de convencer a John, pero era demasiado obstinado.

—Yo no voy a ir —insistió.

—Pues no vayas. Iremos nosotros cuatro —dijo Pascale con calma, sonriendo con tristeza a Eric y Diana—. Te enviaremos postales desde la Riviera.

—Llévate a tu madre contigo.

—Puede que lo haga —dijo Pascale y luego se volvió hacia los otros—. Entonces, estamos de acuerdo. Iremos a Saint-Tropez en agosto.

Era el menor de sus problemas en aquel momento, pero en cierto sentido era consolador pensar en algo más agradable. Era lo único en que podían pensar que no fuera la pérdida de su querida amiga y en Robert. No era mucho lo que podían hacer por él, pero podían ofrecerle su apoyo. Y aunque sentían como si ir a Saint-Tropez sin Anne fuera algo parecido a una traición, Pascale tenía la sensación de que ella habría querido que lo hicieran y que llevaran a Robert con ellos.

—Puede que nos cueste mucho convencerlo de que venga con nosotros —señaló Diana razonablemente—, pero tenemos mucho tiempo para hablar de ello. Sigamos adelante y alquilemos la casa. Ya lo discutiremos con él más tarde.

Para entonces, sospechaba que John también se habría ablandado. Pero era muy triste pensar en ir solo los cinco, sin Anne. Era inconcebible pensar que ella ya no estaría con ellos nunca más.

Los Donnally se fueron a casa poco después y llamaron a Robert, a casa de Jeff, para decirle que pensaban en él, pero él estaba demasiado trastornado para hablar con ellos mucho rato y, por su voz, Pascale supo que había estado llorando. Lo había hecho todo el día, en realidad. Deseó que hubiera algo que ella pudiera hacer por él, pero no lo había. Le prometió reunirse con él en la funeraria para la «visita». El entierro había sido fijado para el martes. Robert hizo que Jeff llamara a los socios de Anne en el bufete y sus nueras habían telefoneado a una larga lista de personas para decírselo, antes de que apareciera la nota necrológica al día siguiente, domingo. Robert escribió la esquela él mismo y Mike la llevó a *The New York Times* por la tarde.

Era incomprensible, pensaba Robert para sí, cuando se acostó en la habitación de invitados de Jeff y Elizabeth. Se sentía completamente desorientado por el dolor y de tanto llorar y por la falta de comida. Nunca, en toda su vida, se había sentido tan destrozado ni tan solo como en aquel momento, mientras permanecía allí, echado, pensando en ella. Treinta y ocho maravillosos años acabados en un instante. Robert estaba absolutamente seguro, sin la más leve sombra de duda, de que su vida también estaba acabada.

3

El entierro de Anne se celebró en la iglesia de Saint James, en Madison Avenue, el martes por la tarde. Robert ocupaba el primer banco con sus hijos. Sus nueras y sus cinco nietos estaban allí, igual que sus cuatro mejores amigos. La iglesia estaba llena de personas que los conocían a ambos, personas con quienes Anne había trabajado, clientes, compañeros de clase y viejos amigos. Robert tenía un aspecto desconsolado cuando entró, con su hija del brazo. Los dos lloraban, al igual que sus hijos. Y en el silencio de la iglesia, los que estaban más cerca de ellos oían cómo Pascale sollozaba. John permanecía sentado estoicamente junto a ella y unas lágrimas silenciosas le caían por las mejillas.

Los Morrison estaban a su lado, en el segundo banco, con los ojos llenos de lágrimas y cogidos de la mano, en silencio. A todos ellos les parecía inconcebible que Anne se hubiera ido. El círculo sagrado de su amistad se había desbaratado, una pieza importante había desaparecido. Todos habían perdido a una amiga muy querida.

El servicio fue breve y conmovedor. Cuando salieron de la iglesia para acompañar el ataúd hasta el coche fúnebre, estaba nevando. Ya había sido un invierno duro, pero ese día en particular parecía excepcionalmente inhóspito.

Robert fue al cementerio con sus hijos para dejar allí a Anne, después de unas breves palabras pronunciadas por el pastor, que los conocía desde que se casaron. Luego Robert dijo su último adiós. Parecía un zombi cuando por fin se dirigió, como si estuviera ciego, hacia el coche.

Después del cementerio, fueron todos a casa de los Morrison, a merendar con las personas que éstos habían invitado para estar con ellos. Robert parecía funcionar con el piloto automático, mientras se movía entre la gente. Antes de que se marchara nadie, desapareció. Ni siquiera les dijo nada a sus hijos al irse. John Donnally lo acompañó en coche a casa y, como no podía soportar dejarlo allí, solo, se quedó con él.

Robert se dejó caer en el sofá, con la mirada perdida. En aquel momento se sentía tan vacío que ni siquiera podía llorar. Solo estaba allí, sentado, sin ver nada.

—¿Quieres algo? —preguntó John, con voz queda, deseando que Pascale estuviera allí.

Ella era mucho mejor para esa clase de cosas. Pero no se había equivocado al percibir que Robert no quería a nadie más allí, probablemente ni siquiera al propio John.

—No, gracias.

John no estaba seguro de si debía quedarse un rato, solo para hacerle compañía, o si era mejor que se marchara. Robert no decía ni una palabra. Sin saber qué otra cosa podía hacer, John fue a buscar un vaso de agua y lo dejó delante de su amigo, aunque este no pareció verlo. Luego, finalmente, habló en el silencio de la sala, con los ojos cerrados, sintiendo toda la angustia de sus palabras.

—Siempre había pensado que yo moriría primero. Ella era más joven y siempre había parecido muy fuerte. Nunca se me ocurrió que la perdería.

Durante aquellos últimos cuatro días, la gente no había dejado de decirle que eso no sucedería nunca, que su espíritu seguiría vivo, pero la realidad era que, estaba demasiado claro, la había perdido. Miró a John con un dolor infinito.

—¿Qué voy a hacer ahora, John?

No tenía ni idea de cómo vivir sin ella. Después de treinta y ocho años, ella era una parte integrante de sí mismo, como su alma.

—Creo que lo vas superando día a día —dijo John, sentándose a su lado en el sofá—; es lo único que se puede hacer. Y un día, te sentirás mejor. Quizá nunca será lo mismo, pero seguirás adelante. Tienes a tus hijos, a tus amigos. La gente sobrevive.

No quería decirle que incluso era posible que, un día, volviera a casarse, aunque en el caso de Robert, le parecía poco probable. La había amado durante mucho tiempo y no era esa clase de hombre. Pero incluso si nunca había nadie más en su vida, él tenía que seguir adelante. No podía hacer nada más. Lo único que estaba en manos de John era rezar por que el dolor no lo matara, por que no renunciara a su propia vida.

—Quizá tendría que retirarme. No puedo imaginarme volviendo al trabajo.

No podía imaginarse haciendo nada sin ella. Su razón más importante para vivir había desaparecido.

—Es demasiado pronto para tomar esa decisión —dijo John, sensatamente—. No hagas nada todavía.

Aunque solo fuera por que le distraería, necesitaba su trabajo, si no él mismo podría morir. John había visto cómo les pasaba a otros antes y estaba seriamente preocupado por su amigo.

—Tendría que vender el piso. ¿Cómo puedo vivir aquí sin ella?

Tenía los ojos abiertos y bañados en llanto.

—Puedes quedarte con nosotros durante un tiempo, si quieres, hasta que decidas qué quieres hacer.

Pero la verdad era que Robert quería estar allí, con sus recuerdos de ella. Pascale y Diane ya se habían ofrecido para ayudar a Amanda con la ropa de su madre, pero incluso eso era demasiado difícil de afrontar y Robert había dicho que no quería que tocaran nada. Para él, era un consuelo ver sus cosas en el armario, su bata en el colgador del cuarto de baño, su cepillo de dientes en el vaso. Le permitía engañarse, decirse que se había ido a algún sitio, que quizá estaba en un congreso y que iba a volver. Pero el hecho brutal, que todos sabían que tendría que encarar en algún momento, era que ella se había ido para siempre.

John se quedó con él mucho tiempo, sin que ninguno de los dos dijera nada, y luego, finalmente, cuando la habitación fue quedando a oscuras, Robert se quedó dormido en el sofá. John no quería marcharse y dejarlo y permaneció en silencio en el estudio, hojeando algunos libros. A las seis, llamó a Pascale.

—¿Cómo está? —Al igual que todos ellos, Pascale estaba sumamente preocupada.

—Está dormido; está exhausto emocionalmente. No he querido dejarlo solo. ¿Qué crees que debería hacer? —Confiaba en el buen juicio de Pascale en los asuntos del corazón.

—Quédate con él. Creo que tendrías que pasar la noche ahí —John ya había pensado lo mismo—. No lo despiertes. ¿Quieres que te lleve algo de comer?

—Debe de haber algo por aquí —dijo distraídamente, pero no estaba seguro y no lo había mirado.

—Te llevaré unos sándwiches y un poco de sopa —decidió ella, con firmeza.

Por una vez, él no se burló de su forma de cocinar; le estaba agradecido. La pérdida de Anne les había recordado a todos lo preciosa que era la vida y lo preciosas que eran sus parejas. Se sentía un poco desconcertado en cuanto a qué era lo mejor para ayudar a Robert. A todos les pasaba lo mismo.

—Hasta dentro de un rato —dijo Pascale.

Cuando ella llegó con una bolsa y una *baguette* debajo del brazo, Robert acababa de despertarse. Parecía desorientado y exhausto, pero la larga siesta le había sentado bien. No había dormido adecuadamente desde el viernes por la noche. Cuando vio la sopa y los sándwiches que Pascale había puesto en la mesa de la cocina, dijo que no podía comer nada. Era fácil ver que ya había perdido peso y parecía demasiado delgado.

—Tienes que comer. Tus hijos te necesitan, Robert. Y nosotros también. No puedes caer enfermo.

—¿Por qué no? —dijo tristemente—. ¿Qué importa?

—Mucho, a nosotros nos importa mucho. Anda, sé bueno y tómate un poco de sopa.

Le habló como si fuera un niño y él se sentó a la mesa y empezó a tomar la sopa. Se dejó la mitad y rechazó los sándwiches que Pascale había preparado, pero, por lo menos, había tomado algún alimento. Entonces Pascale propuso que John se quedara allí aquella noche, con él.

—No es necesario. Vosotros dos tendríais que iros a casa. Estoy bien.

No era la palabra que nadie hubiera utilizado para describirlo, pero era una actitud generosa por su parte.

—John quiere quedarse —insistió ella, pero Robert se mostró decidido y, finalmente, a las diez, los Donnally se fueron.

En el taxi, de camino a casa, ambos tenían aspecto de estar exhaustos.

65

—Estoy muy preocupada por él —dijo Pascale—. ¿Y si se abandona y muere? A veces, hay personas que lo hacen.

—Robert no lo hará —respondió John, esforzándose por creer lo que decía—. No puede hacerlo. Lo superará con el tiempo, quizá no por completo, pero lo suficiente para funcionar razonablemente bien. Puede que sea lo único que cabe esperar.

Sonaba como una triste sentencia para la vida futura de Robert.

—No estoy muy segura —dijo Pascale, enjugándose, una vez más, las lágrimas de las mejillas.

Todo era muy triste. ¿Quién hubiera podido imaginar que la tragedia iba a golpearlos así, que Anne los dejaría, sin previo aviso y tan pronto? Allí en el taxi, Pascale se arrimó más a su marido. La muerte de Anne era un brutal recordatorio de lo efímera y frágil que era la vida, de lo rápido que se extinguía, de su propia mortalidad. Y el mensaje no había pasado inadvertido.

Pascale y John, Eric y Diana, todos ellos, llamaban a Robert cada día, pero ninguno de ellos lo vio durante las tres semanas siguientes. Como no podía soportar estar solo en el piso, esas primeras semanas dormía en casa de Jeff. Se mantenía fiel a un programa centrado en torno a sus hijos y permanecía en casa, sin ir a trabajar. Tardó un mes en volver a los tribunales. Cuando, por fin, lo hizo, también volvió a ver a los Donnally y los Morrison. Acababa de regresar a su piso. Hacía un mes que Anne había muerto.

Todos quedaron horrorizados al verlo. Había perdido muchísimo peso y tenía una mirada desolada. Lo único que Pascale pudo hacer fue abrazarlo con fuerza, luchando por contener las lágrimas. El dolor de Robert era una herida en carne viva que les recordaba, a todos, la pérdida sufrida. Sus corazones se estremecieron de dolor por él.

—¿Y qué habéis estado haciendo todo este tiempo? —preguntó Robert procurando mostrarse interesado, pero sus ojos decían que no le importaba.

Le resultaba difícil sintonizar con sus actividades, pensar en sus vidas compartidas, sin sentir, con una punzada de dolor, la enormidad de su pérdida. Pero pese a ello, se sentía feliz por volver a verlos. Le aportaban consuelo y, hacia el final de la noche, incluso sonrió al oír alguno de los chistes de mal gusto de John y las renovadas protestas de Pascale. Pero todos parecían más sosegados, más amables y más cariñosos unos con otros, y con él, que antes. El mensaje de la muerte de Anne les había llegado alto y claro a todos ellos.

—Recibí más fotos de la casa de Saint-Tropez ayer —dijo Pascale, como de pasada, mientras tomaban café.

Quería tantear el terreno, aunque sabía que todavía era demasiado pronto y que aún faltaban cinco meses y medio para ir a Francia, mucha distancia que recorrer guiándose por el mapa de dolor de Robert.

Charlaron unos minutos sobre la casa y luego Robert miró a Pascale con una mirada que desbordaba tristeza.

—No voy a ir con vosotros —fue lo único que dijo.

Le habría recordado demasiado el verano que tanto había querido pasar con Anne en Francia y el que ya había pasado con ella allí, tiempo atrás.

—No hace falta que lo decidas todavía —dijo Diana, suavemente, dirigiendo una mirada a Eric, quien asintió y se unió a la conversación.

—Si no vienes, John nos amargará la vida a todos los demás. Es demasiado agarrado para dividir el alquiler en dos. Quizá tengas que venir, aunque solo sea por nuestro bien —dijo Eric haciendo una mueca y Robert consiguió exhibir una pequeña sonrisa, desprovista de alegría.

—Tal vez Diana pueda organizar una cena para recaudar fondos para pagar el alquiler —propuso.

—Vaya, pues es una gran idea —dijo John, animándose al oírlo, y los cinco se echaron a reír—. Tu madre podría ponerse en un rincón con un vaso lleno de lápices y echarnos una mano —le dijo a Pascale, y los ojos de esta relampaguearon.

Por lo menos, era un vestigio de las bromas y las risas que habían compartido antes y que no oían desde hacía un mes.

—En realidad, querría hacer honor a nuestro compromiso y pagar nuestra parte. Anne fue la que os convenció a todos. No me importa pagar lo que nos toca, pero no quiero ir —dijo Robert.

—No seas tonto, Robert —respondió Diana de forma tajante.

Pascale le lanzó una rápida mirada y dijo:

—La verdad es que creo que eso sería muy amable por tu parte. Estoy segura de que Anne hubiera querido que lo hicieras.

Robert asintió, como sonámbulo. En su confuso estado, le parecía algo razonable. ¿Por qué tendrían los demás que verse afectados económicamente debido a la muerte de Anne?

—Decidme cuánto es y os enviaré un cheque —dijo sencillamente.

Pasaron a hablar de otra cosa, pero incluso John parecía sentirse incómodo cuando se lo mencionó a Pascale después de que los otros se hubieran marchado.

—¿No crees que fue un poco grosero, pedirle a Robert que pagara por una casa que no va a usar? Tú dices que yo soy agarrado, pero ese ardid me pareció horriblemente francés.

Su mirada le decía que desaprobaba lo que había hecho, pero Pascale no parecía incómoda mientras recogía las copas que habían usado.

—Si paga, vendrá, incluso aunque ahora no lo crea.

Al oírlo, John le sonrió. Era una mujer muy lista.

—¿De verdad lo crees?

—¿Tú no lo harías?

—¿Yo? —preguntó John, riéndose de sí mismo—. Por todos los diablos, si yo pagara, querría sacarle jugo a mi dinero. Pero Robert es algo más noble que yo. No creo que venga.

—Yo sí. Él todavía no lo sabe, pero vendrá. Y le hará mucho bien.

Sonaba segura.

—Si lo hace, confío que no traiga a todos sus hijos, ahora que ella no está. Sus nietos son muy alborotadores y Susan me pone nervioso.

A Pascale también la ponía nerviosa, igual que la otra nuera de Robert. A veces incluso Amanda y los niños eran irritantes, pero en aquel preciso momento, a Pascale eso no le preocupaba.

—No importa. Solo esperemos que él esté allí.

—¿Sabes?, me alegro de que lo hicieras —dijo John, mirándola con ternura—. Cuando se lo dijiste, casi me atraganto con el café. Pensé que quizá llevabas demasiado tiempo viviendo conmigo —admitió con una sonrisa.

—No lo suficiente —dijo ella, cariñosamente, y se inclinó para besarlo.

Desde la muerte de Anne, no dejaba de pensar en lo mucho que él significaba para ella y lo mismo le sucedía a John. Pese a sus frecuentes diferencias, eran muy afortunados y lo sabían. La pérdida de su amiga les había recordado a todos ellos que la vida era corta y, algunas veces, muy dulce.

4

Durante los tres meses siguientes, el grupo se reunía con Robert para cenar una vez a la semana y durante los dos primeros, lo llamaban cada día. Iba mejorando, aunque seguía estando triste y hablaba de Anne siempre que se veían, pero lo que contaba había pasado de acongojado a divertido y, aunque, a veces, todavía se echaba a llorar cuando la mencionaba, también era ya capaz de sonreír.

Y estaba muy ocupado con su trabajo. Seguía hablando de vender el piso, pero todavía no había resuelto qué hacer con las cosas de Anne. Una noche en que Pascale y John pasaron a recogerlo para ir a cenar, ella vio la bata de Anne en el cuarto de baño y su cepillo del pelo en el tocador, y el armario del vestíbulo seguía lleno de sus chaquetas y botas. Pero, por lo menos, se mantenía activo. Veía a sus hijos y cuando estaba con sus amigos, parecía más animado.

Estaban empezando a hablar del verano, insistiendo en que fuera con ellos a Saint-Tropez, pero él les decía que tenía demasiado trabajo. Sin embargo, tal como había prometido, les envió el cheque por su parte de la casa. Decía que aquel verano iba a quedarse en Nueva York. Habían pasado cuatro meses desde la muerte de Anne y había tenido mucho que hacer con su patrimonio. Había fundado una organización de caridad en su nombre, para proporcionar dinero para las causas que tanto significaban para ella, sobre todo para las mujeres y los niños maltratados. Y se mostraba animado cuando se lo contó a sus amigos.

—Nueva York en verano es bastante duro —dijo Eric afablemente, aunque admitió que, quizá, también él tuviera que acortar sus vacaciones.

Dijo que había tenido mucho más trabajo del habitual en la consulta y que uno de sus socios llevaba varios meses enfermo.

Diana no estaba muy satisfecha, pero había decidido que, si Eric tenía que volver a casa antes, ella se quedaría en Francia con John y Pascale.

—Será bastante triste, solo nosotros tres, si Eric tiene que marcharse —dijo Diana, con aire preocupado.

A Pascale le había parecido que estaba inusualmente tensa desde hacía un mes, pero sabía que estaba preparando un enorme acontecimiento para Sloan-Kettering y que trabajaba por las noches y también durante los fines de semana.

—Robert, de verdad creo que tendrías que venir —insistió Diana—. Anne habría querido que lo hicieras y, además, puedes traer a los chicos.

—Ya veremos —fue lo único que dijo.

Era la primera señal esperanzadora que oían.

—¿Creéis que vendrá? —se preguntaron unos a otros cuando él se hubo ido.

Les había dicho que tenía que irse a la cama temprano, porque le esperaba un día muy largo en los juzgados. Les comentó, con aire divertido, que Amanda le había pedido que la acompañara a un acontecimiento benéfico, la *première* de una película importante, y que tendría que ir de esmoquin. La joven acababa de romper con su último novio y no tenía a nadie para ir con ella. Los otros le tomaron el pelo, diciendo que era un hombre lleno de *glamour*, que iba a *premières* cinematográficas. Él se defendió diciendo que no le hacía ninguna ilusión ir a la fiesta, aunque le habían dicho que la película era estupenda.

Volvieron a hablar del acontecimiento cuando se reunieron a la semana siguiente.

—¿Qué tal la *première*? —le preguntó Eric.

Eric tenía muy buen aspecto; parecía relajado y feliz, pese a sus largas jornadas de trabajo y a sus noches en blanco, sustituyendo a su compañero, pero Diana parecía cansada y había perdido peso. Además, estaba más callada de lo habitual. A Pascale le preocupaba, aunque no le dijo nada. Parecía que todos se preocupaban más por los demás desde la muerte de Anne, pero todos observaron que Robert tenía mejor aspecto que en mucho tiempo.

—Fue interesante —admitió—. Debía de haber unas quinientas personas y la fiesta de después era como un zoológico. Pero creo que Mandy lo pasó bien; conoció a algunos de los actores. Me parece que ya conocía a uno de los productores. Además, un tipo muy apuesto, que llevaba un esmoquin sin corbata, le pidió una cita. Me temo que, dentro de poco, prescindirán de mis servicios como acompañante.

Pero, entretanto, iba a llevarla a otro acontecimiento y Pascale no pudo menos de preguntarse si Mandy lo hacía adrede, con mucho tacto y habilidad, para mantener ocupado a su padre, a quien salir le distraía y le divertía, pese a que seguía triste por Anne. Eso le dio una idea a Pascale.

A la mañana siguiente, llamó a Amanda y le propuso que fuera a Saint-Tropez con su padre.

—Le hará mucho bien —le dijo.

—Es posible —dijo Mandy pensativamente—. Me parece que está mejor, pero dice que no puede dormir. —Amanda estaba preocupada por él y Pascale había acertado al pensar que la hija estaba haciendo todo lo posible para mantenerlo ocupado—. En realidad, estuvo bastante bien en la *première* a la que fuimos la semana pasada. No querrá admitirlo, pero creo que lo pasó muy bien. Lo perdí de vista casi enseguida. Se mezcló con la gente bastante bien, él solo.

—Bien, mira a ver qué puedes hacer sobre Saint-Tropez —dijo Pascale—. Creo que le sentaría bien.

—Sí —respondió Mandy riendo—, y a mí también. Papá dice que, además, hay un barco. Me ha dicho que las fotos son fabulosas. Parece que es un viaje magnífico. Me encantaría ir.

—Hay mucho espacio y a todos nos gustaría que vinieras —dijo Pascale cálidamente y Amanda respondió que vería qué podía hacer.

A la semana siguiente, cuando tenían programada una cena todos juntos, Robert llamó para cancelarla, diciendo que tenía mucho trabajo que hacer. Al final, fue mejor así, porque Eric tuvo que asistir a tres partos aquella noche y también se habría perdido la cena y Pascale se puso enferma con gripe.

Todavía se sentía abotargada cuando la llamó Diana para decirle que tenía que contarle algo que la dejaría sin aliento.

—¡Estás embarazada! —exclamó Pascale, con tono de envidia, y Diana se echó a reír.

—De verdad, espero que no. Si lo estoy, es que las hormonas que estoy tomando funcionan mucho mejor de lo que esperaba. —Había llegado a la edad crítica hacía dos años. Para Diana, quedarse embarazada ya no era posible y, para Pascale, no lo había sido nunca—. No, pero es casi igual de asombroso. Fui a cenar con Samantha la semana pasada, cuando cancelasteis la cena y Eric tuvo que trabajar. Fuimos al Mezza Luna o, por lo menos, allí es donde íbamos a ir. Nos marchamos discretamente a otro sitio nada más llegar, pero ¿quién crees que estaba allí?

—No lo sé… Tom Cruise y te pidió una cita.

—Caliente, caliente… Robert. Estaba cenando con una mujer. Y sonreía y reía. A ella no la reconocí, pero Sam sí. No te lo vas a creer. Era Gwen Thomas.

—¿La actriz? —Pascale sonaba como si la hubiera alcanzado una bomba, y así era—. ¿Estás segura?

—No, pero se le parecía mucho. Sam estaba segura de que era ella. Era muy guapa y joven y parecía absorta en su conversación con Robert. Y él parecía muy feliz con ella.

—¿Cómo crees que la habrá conocido?

Nunca la había mencionado. Ni tampoco había mencionado nada de salir a cenar con mujeres desde la muerte de Anne. Pascale no podía menos de preguntarse si era la primera vez. Tenía que serlo.

—¿No es la protagonista de la película que vio con Mandy la semana pasada? —preguntó Diana.

—Me parece que sí —dijo Pascale, recostándose de nuevo en las almohadas, fijando la mirada, pensativa, en el vacío—. Cielos, qué estupidez si empieza a salir por ahí con actrices, *starlettes* y modelos. Robert es tan vulnerable y tan inocente, en cierto sentido. Él y Anne llevaban toda la vida casados. No sabe nada del mundo. Anne siempre decía que casi no había salido con nadie antes de conocerla. Seguro que no sabe nada de ese ambiente.

Lo mismo podía decirse de todos ellos. Todos llevaban muchos años casados.

—Por supuesto que no —asintió Diana.

Estaba totalmente de acuerdo con Pascale y se prometió en silencio que lo protegería, en nombre de Anne y por su propio bien.

Su amiga habría esperado que lo hicieran. Robert parecía la última persona del mundo para salir con una actriz famosa o con cualquiera, en aquel momento. Parecía imposible imaginarlo con nadie que no fuera Anne.

—¿Qué edad tiene? —Pascale sonaba preocupada de verdad, temía que Diana le dijera que veintidós años, aunque sabía que era mayor de esa edad.

Era una mujer muy guapa y, recientemente, estaba teniendo mucho éxito. Había ganado un Oscar el año anterior.

—Me parece que debe de estar cerca de los cuarenta años, o quizá ya los haya cumplido. Sin embargo, parece más joven. Parece tener la edad de Sam.

—¡Qué estúpido por su parte! Si empieza a salir con mujeres así, es que no sabe qué está haciendo. ¿Parecían enamorados?

—No —dijo Diana objetivamente—, en absoluto. Actuaban como si fueran amigos —añadió, sonando algo más tranquila.

—Me pregunto cómo la habrá conocido.

—Puede que en la *première*.

Las dos mujeres siguieron hablando casi una hora sobre los peligros, los riesgos y las trampas a que se enfrentaría su amigo y se prometieron darle un buen sermón sobre ello a la primera oportunidad. Ahora les parecía más importante que nunca llevárselo a Saint-Tropez.

—Me pregunto si Mandy sabe que ha salido con ella o, incluso, que la conoce —manifestó Diana.

—Me dijo que en la *première* lo había perdido de vista —comentó Pascale—. Lo invitaré a cenar la semana que viene, a ver si nos cuenta algo de ella. Quizá tendríamos que preguntárselo. ¿Te vio?

—No —reconoció Diana—. Me quedé tan estupefacta que, literalmente, huimos a todo correr. No quería inmiscuirme. En cierto modo, supongo que es bueno que salga y conozca a otras mujeres. Lo que pasa es que no quiero que le hagan daño.

Imaginarlo entre las garras de una estrella de cine las aterrorizaba a las dos.

—Exactamente —asintió Pascale—. Todos nosotros conocemos a muchas mujeres agradables que podríamos presentarle cuando quiera. Yo no pensaba que estuviera dispuesto.

Había sido una enorme sorpresa para las dos.

Para Pascale fue un enorme alivio cuando él aceptó cenar con ellos a la semana siguiente. Sonaba normal y tan solemne como siempre, cuando lo llamó a su despacho en los juzgados.

Para sorpresa de todos, durante la cena, mencionó que había conocido a Gwen.

—¿Quién es? —John parecía perplejo y las dos mujeres estudiaban atentamente la cara de Robert para ver si la actriz significaba algo para él.

—Ha ganado un Oscar —le explicó Pascale a su marido, con una mirada desdeñosa—. Todo el mundo sabe quién es. Es muy guapa —añadió y luego se volvió hacia Robert—. ¿Cómo la has conocido?

—Con Mandy, en la *première* de una película —dijo Robert con aire inocente, mientras las miradas de Diane y Pascale se cruzaban. Era justo lo que ellas habían pensado—. Es una mujer interesante. Vivió mucho tiempo en Inglaterra y ha interpretado a Shakespeare. Y luego trabajó en Broadway, antes de hacer películas. Es muy equilibrada y culta.

Diana pareció preocupada al oírlo y los ojos de Pascale se entrecerraron inmediatamente con suspicacia.

—Sabes mucho de ella —dijo, como quien no quiere la cosa, y John le lanzó una mirada de advertencia.

—¿Qué aspecto tiene? —preguntó John, cada vez más interesado, preguntándose qué significaba exactamente para Robert y si se habrían acostado.

—Es atractiva —dijo Robert sin especial pasión—. Es pelirroja. Está divorciada.

Pascale tragó saliva.

—¿Qué edad tiene? —preguntó Diana, suavemente.

—Cuarenta y un años —dijo mientras seguía comiendo. Lo habían acertado—. Antes vivía en California y acaba de mudarse a Nueva York. Parece sentirse un poco sola. No conoce a nadie aquí.

Pascale y Diana estaban seguras de que era un ardid para pescarlo.

—¿Os veréis de nuevo? —Pascale no pudo evitar preguntárselo, con aire de inocencia.

—No lo sé —respondió él vagamente—, ella tiene mucho trabajo. Y yo también. Va a empezar otra película en septiembre y este verano se va de viaje con unos amigos. Creo que a Anne le habría gustado —dijo tranquilamente, sonriendo a sus amigos.

No se imaginaba ni remotamente el torbellino que había desatado en la cabeza de sus dos amigas. Lo ocultaban muy bien, por lo menos ante él.

—Robert —dijo Diana con cautela, sin saber por dónde empezar—, tienes que tener cuidado. Hay por ahí muchas mujeres muy manipuladoras y taimadas. No has estado en el ancho y malvado mundo de las citas desde hace mucho tiempo.

Había adoptado un tono de hermana para su breve discurso y Robert sonrió.

—Y tampoco ahora estoy teniendo «citas» —dijo, mirándola directamente a los ojos—. Solo es una amiga.

Estas palabras pusieron fin a la conversación y, cuando se separaron después de la cena, Eric le dijo a Diana que se había pasado de la raya.

—Ya es mayorcito. Tiene derecho a hacer lo que quiera. Y si puede pescar a una estrella de cine para su primera cita, tanto mejor para él.

Eric parecía admirado y divertido, al mismo tiempo.

—No se da cuenta de qué está haciendo —insistió Diana—. Solo Dios sabe qué clase de víbora será esa mujer. Ni siquiera mencionó si tenía hijos.

—Y eso, ¿en qué cambiaría las cosas?

—Porque significaría que es estable y, por lo menos, una persona medio decente.

—Pascale no tiene hijos y es una persona estupenda. Lo que has dicho es una tontería. Montones de mujeres «decentes» no tienen hijos.

—El caso de Pascale es distinto, y tú lo sabes. Mira, es que estoy preocupada por él.

—Y yo también. Pero si ha empezado a salir con una mujer, es una señal estupenda y me siento mucho mejor. ¿Por qué no os ocupáis de vuestros asuntos, Pascale y tú, y dejáis al pobre hombre en paz?

—Queríamos advertirlo, por su propio bien —insistió ella.

—Esto es lo mejor que podía pasarle. Y puede que ella sea una buena persona.

Prefería suponer lo mejor en lugar de lo peor, a diferencia de Diana y Pascale que ya odiaban a Gwen Thomas, en defensa de Anne.

—¿Una estrella de cine? ¿Estás de broma? ¿Qué probabilidades hay de que eso sea verdad? —preguntó Diana, persistiendo en su punto de vista.

—No es muy probable, lo admito, pero, por lo menos, lo pasará bien con ella —dijo con los ojos chispeantes.

Diana se fue al cuarto de baño a desvestirse, con aire irritado. La fraternidad masculina siempre se mantenía unida y mientras Robert lo «pasara bien», ¿a quién le importaba la clase de golfa que pudiera ser Gwen Thomas? Estaba claro que a Eric no.

John estaba diciéndole casi lo mismo a Pascale.

—¡Oh, *alors*! —exclamaba Pascale, discutiendo con él—. ¿Y qué pasará si le rompe el corazón o lo utiliza?

—¿Utilizarlo para qué? —dijo John, claramente irritado—. Mira, puedo imaginar destinos mucho peores que ser «utilizado» por una estrella de cine.

—Pues yo no. Robert es un hombre amable, cariñoso, decente y honorable… y muy inocente.

—Puede que ella también.

—*Mon oeil*. Debes de estar bebido. O quizá es que tienes celos de él.

—¡Por todos los santos! El pobre hombre estaba destrozado por la muerte de Anne. Déjalo que se divierta un poco.

—No con la mujer equivocada —dijo Pascale, con una mirada asesina.

—Déjale en paz. Es probable que no vuelva a verla. Estoy seguro de que un juez de tribunal, con sesenta y tres años a la espalda, no es su idea de pasaporte para un ardiente idilio. Quizá él dijera la verdad y son solo amigos.

—Tenemos que sacarlo de Nueva York y hacer que venga a Saint-Tropez —dijo ella, tajante.

Al oírla, John se echó a reír y no pudo resistir la tentación de tomarle el pelo.

—Puede que la lleve con él.

—Por encima de mi cadáver y del de Diana —replicó ella, con aire digno.

John se acostó, moviendo la cabeza con aire compasivo.

—Que Dios le ayude. La brigada antivicio está decidida a protegerlo, al pobre diablo. Por su bien, espero que no venga a Saint-Tropez.

—Tienes que convencerlo para que venga —dijo Pascale, mirando con aire implorante a su marido—. Se lo debemos a Anne, tenemos que protegerlo de esa mujer.

Al igual que Diana, se había convertido en una fanática de la noche a la mañana, empeñada en salvaguardar a su amigo.

—No te preocupes, habrá otras. Por lo menos, así lo espero por su bien. ¿Qué quieres que haga, que te consiga una muñeca de vudú para que puedas protegerlo? Estoy seguro de que podré encontrar una por ahí, en algún sitio.

—Pues consíguela —dijo Pascale, con aire digno y enfurecido—. Tenemos que hacer todo lo que podamos.

Ahora estaba investida de una misión sagrada y lo único que John podía hacer, mientras la rodeaba con el brazo en la cama, amplia y acogedora, era reírse de ella.

5

La última cena que los Morrison y los Donnally compartieron con Robert fue en el Four Seasons, en junio, justo antes de que Pascale se marchara. Hablaron de cosas diversas y sacaron, inevitablemente, el tema de la casa en Saint-Tropez. Robert seguía insistiendo en que no quería ir y John le recordó que había pagado una tercera parte, así que lo mejor era que la aprovechara.

—Eso fue solo para cumplir con las obligaciones de Anne —dijo, poniéndose triste de nuevo—. Le hacía tanta ilusión ir… Le habría encantado.

Tenía una mirada ausente mientras hablaba con ellos.

—Y a ti también —dijo John, con naturalidad—. Yo tampoco quería ir. Le dije a Pascale que no iría cuando me enteré de que había pagado un depósito antes de haberlo acordado. Pero ¡qué demonios! —dijo con aire avergonzado. Hacía tiempo que le había devuelto el dinero a la madre de Pascale y aceptado ir—. Lo pasaremos bien. ¿Por qué no vienes con nosotros? No creo que a Anne le hubiera gustado que no nos acompañaras.

Como todos sabían, era una persona demasiado generosa para eso.

—Quizá —dijo Robert, pensando en ello—. Podría ser divertido para Amanda. Tal vez podría venir conmigo, por lo menos unos días. No tengo por qué quedarme todo el mes.

—Hay suficiente espacio también para Jeff y Mike, si vienen por turnos. Tenemos mucho sitio. Me parece que Katherine y su marido vendrán a pasar unos días.

Al oírlo, Pascale y John intercambiaron una mirada. Pascale sabía que a John no le entusiasmaba la idea de recibir a la familia de Diana, pero después de la mirada aplastante que le dirigió, no dijo una palabra.

—Los chicos se van a Shelter Island a pasar el verano y no tendrían tiempo de ir a Francia, pero Mandy sí. Se lo preguntaré. Puede que, si ella viene conmigo, me siente bien.

—Te sentará bien, tanto si viene como si no —afirmó Diana.

Pascale había observado de nuevo que, también aquella noche, Diana tenía un aspecto tenso, pero Eric parecía estar de buen humor y se mostraba muy cariñoso con ella. Sin embargo, notó que ella se mostraba fría con él, lo cual no era propio de su carácter. Normalmente, los dos eran afectuosos y cálidos.

—Os lo diré dentro de unos días —fue todo lo que Robert quiso prometer.

El día antes de que Pascale saliera para Francia, la llamó y le dijo que Mandy había aceptado. Ella estaría cinco días con ellos. Y él no estaba seguro, pero quizá se quedara dos semanas.

—Puedes quedarte los días que quieras —dijo Pascale encantada—. También es tu casa.

—Bueno, ya veremos. —Luego la sorprendió con lo que dijo a continuación—: Puede que vaya con alguien.

Entonces se produjo una larga pausa, mientras Pascale trataba de encontrar las palabras adecuadas para preguntarle qué quería decir.

—¿Alguien?

—Todavía no lo sé. Te lo diré cuando esté seguro.

Pascale quería preguntarle quién era, pero no se atrevió. Y no podía menos de preguntarse si era un hombre o una mujer. Estaba segura de que no podía ser Gwen Thomas, porque acababa de conocerla, pero le habría gustado saber si se estaba viendo con alguien más. Sabía que todavía lloraba la muerte de Anne y se le veía destrozado cuando hablaba de ella, pero en la última cena, observó que parecía arreglárselas bien. Salía más de lo que lo había hecho durante años, veía gente, iba a cenar, jugaba al tenis. Parecía más joven y con mejor salud que antes y le sentaba muy bien estar más delgado. Era muy extraño pensar en él como alguien sin pareja. Tenía que admitir que era muy atractivo. Además, de repente, tenía un aire más joven que cuando vivía Anne.

Pascale le dio su número de teléfono en París y le dijo que iría a Saint-Tropez dos días antes de que empezara el período de alquiler. Los dueños habían dicho que podía hacerlo, para abrir la casa y ponerlo todo a punto. No la habían usado desde hacía dos años.

—Llámame, si necesitas algo —dijo Robert.

Luego tuvo que salir corriendo para reincorporarse al tribunal, sin que Pascale tuviera tiempo de preguntarle de nuevo sobre aquel «alguien». Ni siquiera sabía cuándo llegarían ni cuánto tiempo se quedarían, si es que se quedaban.

Unos minutos más tarde, llamó a Diana para decirle que Robert sí que iría con ellos y Diana dijo que le parecía estupendo. Pero Pascale pensó que sonaba ausente y tensa y, finalmente, se decidió a preguntarle qué la había estado preocupando desde hacía un tiempo.

—¿Te pasa algo?

Diana vaciló solo una fracción de segundo y luego insistió en que no le pasaba nada, que todo iba bien. Entonces, Pascale le habló del «alguien» de Robert.

—¿Y no sabes quién es? —Diana sonaba intrigada.

—No, no sé nada. No tuve el valor de preguntárselo. Puede que sea otro juez o un abogado. Probablemente es un hombre.

—Espero que no sea esa actriz —dijo Diana, con voz preocupada, pero estuvo de acuerdo con Pascale en que no podía ser.

Robert y ella apenas se conocían y era demasiado pronto para que la llevara a ningún sitio y mucho menos a Francia. Cuando fueran todos a Saint-Tropez, Anne solo llevaría muerta siete meses.

—Me alegro de que Mandy vaya con él; será bueno para él.

Pero puede que no fuera tan bueno para ellos. Era una chica encantadora y adoraba a su padre, pero había tenido algunos conflictos con su madre a lo largo de los años que, a veces, se habían hecho extensivos, también, a los amigos de esta. Y tener una chica de su edad alrededor no siempre resultaba fácil.

—En realidad, no la necesita —dijo Pascale, con su habitual sentido práctico—, nos tiene a nosotros. Y hay veces que Mandy es un poco difícil. Con frecuencia, también a Anne le atacaba los nervios.

Anne había pasado unos años muy difíciles con ella. Los chicos siempre le habían resultado más fáciles.

—Bueno, no pasa nada; entonces era más joven y, además, serán solo cinco días. Robert estará contento. Me alegro de que haya decidido venir —dijo Diana generosamente.

—Yo también —dijo Pascale, satisfecha.

Había costado cinco meses convencerlo, después de la

muerte de su esposa. Al cabo de cinco semanas, estarían todos juntos en Francia, con gran alegría por su parte.

—Llámame cuando hayas visto la casa —insistió Diana y Pascale le prometió que lo haría—. Apuesto a que será genial —añadió, entusiasmada.

Pascale se echó a reír. Seguía preocupada respecto a Diana y esperaba que no fuera un problema de salud. Después de la muerte de Anne, estaba más ansiosa de lo habitual por su amiga. Supuso que, fuera lo que fuera lo que la hubiera estado preocupando últimamente, hablarían de ello en Francia.

—Si no lo es, John me matará. Todavía se está lamentando por lo que hemos pagado —añadió Pascale, riendo.

—Vale hasta el último penique. Solo lo hace para que no nos olvidemos de cómo es.

Los demás habían pagado su parte sin quejarse y pensaban que era un precio justo, pero John no. Todavía echaba chispas cuando Pascale se marchó a Francia.

Como siempre, se recreaba al estar en casa de nuevo, viendo a sus amigos, yendo a sus restaurantes y tiendas favoritos. Pasó una tarde en el Louvre, contemplando las nuevas obras expuestas y, luego, se dedicó a escarbar en algunas tiendas de antigüedades de la *rive gauche*. Fue al teatro y disfrutó de una serie de noches tranquilas con su madre, su abuela y su tía. En sus visitas a París recargaba pilas para todo el año. Por una vez, encontró a su madre bastante bien de salud. De forma no muy diferente a lo que John hacía con ella, la madre de Pascale no paró de quejarse de él. Según ella, John era demasiado bajo, estaba demasiado gordo, no trabajaba lo suficiente, no ganaba bastante dinero, vestía como un norteamericano y nunca se había esforzado lo más mínimo por aprender francés. Pascale estaba acostumbrada a defender al uno del otro y hacía oídos sordos cuando su madre se dedicaba a hacer picadillo a su marido. No le decía nada a John al respecto cuando lo llamaba por teléfono, pero él se las arreglaba para lanzar unos cuantos insultos contra su suegra mientras hablaba con Pascale. Eran tal para cual. La tía de Pascale nunca decía nada. Era sorda como una tapia, así que no oía lo que su hermana decía del marido de su sobrina y siempre había pensado que John era un hombre absolutamente agradable. Lamentaba, por ellos, que no hubieran tenido hijos, pero a Pascale no parecía importarle. Por su parte, la abuela de Pascale dormía la mayor parte del tiempo y siempre había opinado que John era muy amable.

Siempre que estaba en casa, con su familia, Pascale parecía volverse todavía más francesa. Su inglés perdía precisión y olvidaba palabras conocidas cuando hablaba con John. Su acento era más marcado y hacía acopio de novelas francesas y las leía hasta bien entrada la noche. Comía sus platos favoritos y fumaba Gauloises. Cada movimiento, cada gesto, cada expresión, cada palabra, se hacían inconfundiblemente franceses.

Al finales de julio, cuando marchó hacia el sur de Francia, estaba relajada y en forma. Había perdido unos cuantos kilos, pese a las enormes comidas que tomaba y al queso y los postres que adoraba, pero hacía tanto ejercicio paseando por París que tenía mejor aspecto que nunca. El día antes de que Pascale saliera para Saint-Tropez, su tía y su madre se habían marchado a Italia, como siempre hacían. Su abuela estaba dormida, como de costumbre. Pascale le dijo a la enfermera dónde podía encontrarla en el sur de Francia y abandonó el piso sin hacer ruido.

El vuelo a Niza estaba lleno a rebosar, con parejas, familias y niños, montañas de equipaje y bolsas de plástico desbordantes de sombreros de paja, comida y de todo lo imaginable. Todos los asientos estaban ocupados, pero todo el mundo parecía de buen humor. Como la mayoría de franceses, casi todos tenían un mes de vacaciones y se dirigían al sur. Y tantos como era posible, se llevaban a sus perros. No hay nadie, salvo los ingleses, que ame más a sus perros que los franceses. La única diferencia es que los ingleses tratan a sus perros como perros. Los franceses los llevan a los restaurantes, les dan de comer a la mesa, los transportan en cestas y les ahuecan el pelo. Los perros del avión se dedicaron a ladrarse unos a otros y a sacar a todo el mundo de quicio. Pero a Pascale no parecía importarle; miraba por la ventanilla, pensando en lo bien que iban a pasarlo en Saint-Tropez. De niña, había veraneado en Saint-Jean Cap-Ferrat y en Antibes. Saint-Tropez siempre había sido un lugar más atrevido y estaba un poco más lejos. Habría unas dos horas de coche desde Niza. Y con el tráfico, sería mucho peor. El medio más fácil de llegar hasta allí desde el resto de la Riviera era por mar.

Cuando aterrizaron en el aeropuerto de Niza, Pascale recogió sus maletas. En París, se había comprado ropa nueva para la playa, con lo cual las dos maletas que había traído de Estados Unidos se habían convertido en tres. Esperaba encontrar un mozo que la ayudara a llegar a la oficina de alquiler de coches y luego hasta el coche. Sabía que si John hubiera estado con ella, la habría hecho llevar, por lo menos, dos de las maletas y no hubiera dejado de gruñir mientras hacía malabarismos con el resto. Ella llevaba una gran bolsa de Hermès y otra enorme bolsa de paja para la playa. No se podía negar que era demasiado equipaje. Por suerte, el mozo se encargó de meterlo todo en el maletero y en el asiento de atrás del Peugeot alquilado. Media hora después de aterrizar, Pascale iba de camino a Saint-Tropez.

Como era de esperar en esa época del año, las carreteras estaban atestadas; había muchos descapotables, con hombres apuestos y mujeres bonitas, y un auténtico rebaño de Deux Chevaux, esos diminutos coches que parecen multiplicarse como conejos en Francia. John pensaba que no eran seguros. Aunque se quejaba de que era demasiado caro, siempre quería que ella alquilara un coche decente. Ella habría preferido un Deux Chevaux, que significa «dos caballos», pero que más parecía solo uno.

Eran casi las seis cuando Pascale llegó a Saint-Tropez. Cogió la D98 y luego la N98 y la D25 y siguió la Route des Plages, obedeciendo las instrucciones que le habían dado. Veinte minutos después seguía buscando la dirección, temiendo haberse equivocado. Empezaba a tener hambre, pero quería dejar sus cosas en la casa antes de buscar un sitio para comer. No tenía intención de comprar comida hasta el día siguiente. Mientras pensaba en esto, pasó por delante de un par de pilares de piedra, a punto de desmoronarse, que flanqueaban una verja de hierro oxidado. Sonrió para sí, diciéndose que aquella zona tenía mucho encanto. Era una sensación tan estupenda, la de estar de nuevo en Francia. Dejó atrás la verja y siguió adelante. Pero diez minutos más tarde, cuando comprobó los números de las casas, se dio cuenta de que se había pasado de largo. Dio media vuelta, regresó y volvió a saltarse el número que buscaba. Esta vez, después de cambiar de sentido una vez más, condujo a paso de tortuga. Sabía que la casa tenía que estar en algún sitio y que la entrada debía de quedar oculta o ser discreta en extremo. Finalmente, localizó el número anterior y paró el coche para mirar alrededor. Al hacerlo, se encontró con que estaba de nuevo frente a los pilares ruinosos. Al mirar más atentamente, vio un maltrecho letrero que colgaba de un único clavo oxidado. Tenía que haber un error. La verja de hierro oxidado era el número de su casa. En el letrero ponía claramente Coup de Foudre, que en francés significa literalmente «rayo», pero que también tiene otro sentido, más poético, que es «flechazo». Era el atardecer de una tarde mágicamente cálida y, en silencio, cruzó la verja con el coche.

Había una calzada estrecha y curvada, con matojos descuidados que rasparon el coche; Pascale sentía una vaga sensación de desazón. Esa no era la entrada que esperaba ni la que aparecía en el folleto. Algunos de los hierbajos que crecían en mitad del camino estaban tan altos que tenía que girar el volante para esquivarlos. Más parecían arbustos y todo estaba lleno de maleza. Parecía una escena salida de una película de terror o de una novela de misterio; se rió de sí misma y, justo entonces, salió de la última curva y vio la casa. No cabía duda de que la entrada era «discreta». No se veía nada de la propiedad desde la calle. Cuando la casa apareció por completo ante sus ojos, pisó con fuerza el freno y se detuvo. Era una villa enorme y destartalada, tal como mostraban las fotos, con hermosas puertas cristaleras y yedra cubriendo las paredes, pero las fotos que habían visto debían de haberse tomado cincuenta años atrás. Parecía que la casa hubiera estado abandonada desde entonces y estaba seriamente deteriorada. Sospechó instantáneamente que hacía mucho más de dos años que los propietarios no iban por allí, por no hablar del fotógrafo que había hecho las fotos del folleto.

Había una extensión de césped delante de la casa, con malas hierbas y matojos tan altos que casi llegaban a la cintura. Había unos muebles de jardín viejos y rotos, desparramados aquí y allí, y una sombrilla viejísima y hecha pedazos, encima de una mesa de hierro oxidado que parecía garantizar que cualquiera que comiera allí iba a necesitar la vacuna antitetánica. Todo aquel sitio parecía salido de una película y durante un segundo enloquecido sintió la necesidad de preguntarle a alguien si era una broma. Pero estaba claro que no lo era. Se trataba de su casa y, por lo menos para Pascale, definitivamente no era un «flechazo»; se parecía más a que te cayera encima un rayo que a un flechazo.

—*Merde* —dijo en voz baja, todavía sentada en el coche, mirándolo todo fijamente.

Lo único que cabía hacer era rezar por que el fotógrafo hubiera sido más honrado con las imágenes del interior. Pero estaba pensando que no parecía probable cuando, al salir del coche, metió el pie en un hoyo y casi se cae. Los senderos que rodeaban la casa estaban llenos de agujeros, y aquí y allí había pequeños charcos de barro. Había unas cuantas flores, que a esas alturas crecían silvestres. Los bellos arriates floridos de las fotos debían de haber desaparecido muchos años atrás. Entonces se le ocurrió tocar la bocina. Sabía que había un matrimonio esperándola y les había escrito para decirles cuándo iba a llegar. Pero, pese a tocar insistentemente la bocina, no hubo respuesta alguna y, finalmente, se dirigió con cautela hacia la puerta principal.

Había un timbre y lo tocó, pero no acudió nadie. Lo único que podía oír eran ladridos de perros, por lo menos un par de cientos, un número enorme, por el ruido que hacían y, a lo que parecía, perros pequeños. Pasaron casi cinco minutos sin que apareciera nadie y entonces, finalmente, oyó pasos en el interior de la casa. Cuando la puerta se abrió, Pascale estaba allí, de pie, cada vez más preocupada. Al principio, lo único que pudo ver fue una enorme bola de pelo rubio teñido, largo y demencialmente encrespado. Se alzaba, casi vertical, en torno a la cara de la mujer. Parecía una peluca de una de esas películas de los sesenta, salvajes y llenas de drogas. La cara que había debajo era pequeña y redonda. Lo único que Pascale recordaba en aquel momento era que la mujer se llamaba Agathe y lo dijo con aire dubitativo, tratando de apartar la mirada del pelo.

—*Oui, c'est moi.*

«Soy yo.» Pues claro. ¿Quién más podía ser? Vestía un top sin espalda, dentro del cual los pechos parecían querer explotar. A continuación venía una enorme exhibición de estómago y, luego, los shorts más cortos que Pascale había visto en su vida. Todo el cuerpo parecía ser absolutamente redondo, como un globo. Lo único que la salvaba eran unas piernas bonitas. Con gran pesar, Pascale vio que también llevaba unos tacones de quince centímetros. Eran el tipo de zapatos que en los cincuenta se llamaban FMQ. La mujer observaba a Pascale, con una mirada neutral, bizqueando, con un Gauloise *papier maïs*, con su papel de color maíz maduro, pegado a los labios. El humo ascendía dibujando un largo rizo gris y la obligaba a cerrar un ojo. Era todo un espectáculo. Dando vueltas en torno a sus pies había tres perros pequeños, blancos, que ladraban como locos. Caniches, con el pelo impecablemente recortado. A diferencia de su dueña, parecía que acabaran de salir de la peluquería; todos llevaban un lacito de color rosa. Pascale no podía apartar los ojos de la mujer, tratando involuntariamente de adivinar su edad. Debía de estar en los cuarenta o quizá incluso en los cincuenta, pero la piel de su carita regordeta no tenía arrugas.

Pascale se presentó, mientras uno de los caniches trataba de morderle el tobillo y otro le atacaba el zapato; Agathe no se molestaba en mandarles que pararan.

—No le harán nada —dijo tranquilizando a Pascale, al tiempo que se hacía a un lado.

Pascale vio entonces la sala de estar. Era como un decorado de *La novia de Frankenstein*. Los muebles eran viejos y destartalados; había telarañas que colgaban del techo y de la lámpara de araña, y las alfombras persas, supuestamente elegantes, estaban raídas. Por un instante, Pascale no supo qué decir y luego miró a la mujer sin dar crédito a lo que veía.

—¿Es esta la casa que hemos alquilado? —preguntó Pascale con una voz que más parecía un graznido.

Rezaba por que la mujer le dijera que no, que la que habían alquilado estaba un poco más arriba, en la misma calle. Cuando Agathe asintió con una risita, se le cayó el alma a los pies. Para entonces, el tercer perro se dedicaba a frotarse, con frenesí, contra su otro zapato. Desde luego no era un flechazo; salvo, quizá, para el perro.

—Ha estado cerrada durante un tiempo —explicó Agathe alegremente—. Mañana, con el sol, tendrá un aspecto estupendo.

Sería necesario mucho más que el sol para hacer que la casa dejara de parecerse a una tumba. Pascale no había visto nunca nada tan sombrío. Lo único que reconocía de las fotos era la chimenea y las vistas. Ambas eran excepcionalmente bonitas, pero el resto era un desastre y no tenía ni idea de qué podía hacer. Los demás llegarían dentro de dos días. Lo único que se le ocurría era llamar al agente inmobiliario para que le devolviera el dinero. Pero y luego, ¿qué? ¿Dónde se alojarían? En esa época del año, todos los hoteles estarían llenos. Y no podían presentarse en casa de su madre en Italia. Las ideas se le agolpaban en la cabeza y la mujer con el pelo afro rubio parecía divertida.

—Lo mismo le pasó a una gente de Texas el año pasado.

—¿Y qué hicieron?

—Demandaron al agente y al propietario. Y alquilaron un yate.

Era una idea, por lo menos.

—¿Puedo ver el resto? —preguntó Pascale sin fuerzas.

Agathe asintió y cruzó la sala de nuevo, repiqueteando con sus altos tacones. Para entonces, los perros se habían acostumbrado a Pascale y se quedaron allí ladrando, sin tratar de atacarla, cuando su dueña los apartó. Hacían un ruido increíble y, mientras seguía a Agathe a través de la sala de estar, Pascale sentía deseos de matarlos.

La sala era tan grande como parecía en las fotos, pero no quedaba en ella ni resto de los muebles que se veían en ellas. El comedor era largo, desnudo y vacío, con una antigua mesa de refectorio, unas sucias sillas de lona y una lámpara de araña que parecía colgar de un frágil hilo desde el techo. Había gotas de cera de velas por toda la mesa, que nadie se había molestado en limpiar, al parecer desde hacía años. Pero cuando Pascale vio la cocina fue como si alguien le pegara un mazazo en pleno estómago y lo único que pudo hacer fue gemir. Estaba absolutamente hecha un asco y nada, salvo quizá una manguera, podía arreglarlo. Todo estaba recubierto de grasa y mugre y apestaba a comida rancia. Estaba claro que Agathe no había perdido su tiempo limpiando la casa.

Los dormitorios estaban un poco mejor. Eran sencillos, espaciosos y aireados. Casi todo era blanco, salvo las sucias alfombras de flores del suelo. Pero la vista desde las ventanas, por encima del mar, era espectacular y era posible que nadie observara ni le importara lo mucho de que carecían las habitaciones en cuanto a decoración. Había una remota posibilidad de que, si Agathe se ponía manos a la obra de verdad y llenaban las habitaciones de flores, fuera posible dormir allí una noche. La suite principal era la mejor, pero las otras eran también bastante decentes; solo marchitas y necesitadas de jabón, cera y aire.

—¿Le gustan? —preguntó Agathe.

Pascale vaciló. Si se quedaban, cosa que dudaba, habría que hacer un montón de trabajo. Pero no podía imaginar que se quedaran; sabía lo exigentes que eran sus amigos. Diana quería que todo fuera perfecto y estuviera inmaculadamente limpio, y lo mismo podía decirse de Eric. Sabía, además, que ni Robert ni John esperaban encontrarse con aquel desastre, especialmente después de lo que habían pagado. Pero no sabía qué ofrecerles a cambio y no soportaba la idea de abandonar la esperanza de pasar un mes en Saint-Tropez. Además, sabía que John no dejaría que lo olvidara por años que viviera. Solo dio gracias a Dios de que no fuera su madre quien hubiera encontrado la casa y pensaba encargarse del agente ella misma. Quizá pudiera encontrarles otro sitio.

Una ojeada a los cuartos de baño bastó para confirmar sus peores temores. La fontanería tenía cuarenta o cincuenta años y la suciedad llevaba allí por lo menos el mismo tiempo.

Estaba claro que Agathe no limpiaba los baños ni las ventanas ni los suelos ni casi nada. Aquel sitio era una vergüenza. No podía culpar a los tejanos por demandar a los propietarios y al agente. Estaba pensando en hacerlo también ella. De repente, se sintió tan furiosa y tan decepcionada que habría querido gritar.

—*C'est une honte,* es una vergüenza —le dijo a Agathe, con una mirada que no era solo francesa, sino parisina y si se hubiera atrevido, le hubiera dado una patada a los perros que no paraban de ladrar—. ¿Cuándo fue la última vez que se limpió la casa?

—Esta mañana, *madame* —dijo Agathe, con aire de sentirse ofendida.

Pascale negó con la cabeza, ocultando apenas la ira que sentía. Estaba claro que nadie había limpiado desde hacía años.

—¿Y el jardinero? Su esposo. ¿No puede ayudarla?

—Marius no hace trabajos domésticos —dijo Agathe, con aires de gran duquesa, irguiéndose en toda su estatura, que apenas superaba la de Pascale, incluso encima de sus tacones de quince centímetros. Por otro lado, en circunferencia triplicaba la de Pascale.

—Bien, pues quizá tenga que hacerlo, si es que nos quedamos —le advirtió Pascale, con los ojos echando chispas.

Luego se dirigió abajo para llamar por teléfono.

Solo había uno, en la cocina. A Pascale casi le daba miedo tocarlo; estaba tan grasiento como los fogones. Cuando la mujer de la agencia inmobiliaria se puso al teléfono, le dijo lo que pensaba, con un fuego graneado de palabras que desbordaban indignación.

—¿Cómo ha podido…, cómo se ha atrevido…?

La amenazó con pleitos, mutilaciones, asesinatos y le dijo que tenía que encontrarles otra casa o suites en un hotel. Pero alojarse en un hotel no sería ni la mitad de divertido, por no hablar del gasto. Se le encogió el estómago al pensar en John y se lanzó de nuevo a la garganta de la agente.

—No podemos quedarnos aquí, bajo ninguna circunstancia; es inhabitable… mugriento… repugnante… *déguelace*… ¿Usted lo ha visto? ¿En qué estaba pensando? Este sitio no se ha limpiado desde hace veinte años.

Mientras lo decía, vio cómo Agathe se iba, furiosa, taconeando fuerte, seguida de su manada de perros.

Pascale estuvo al teléfono media hora. La agente le prometió ir a la mañana siguiente, para ver qué se podía hacer, pero le aseguró a Pascale que no había nada por alquilar en Saint-Tropez. Insistió en que era una buena casa, que lo único que necesitaba era pasar el aspirador y un poco de jabón.

—¿Está loca? —le preguntó Pascale chillando, perdidos ya los estribos—. Este sitio necesitaría una bomba atómica. ¿Y quién va a hacerlo? Mis amigos llegan dentro de dos días. Son de Estados Unidos. Y esto es exactamente lo que piensan de Francia. Les ha demostrado usted que todo lo que dicen de nosotros en el extranjero es verdad. Enviarnos esas fotos fue un fraude, nos ha robado y esta casa es una pocilga. Es una deshonra para todos nosotros —exclamó Pascale, poniéndose melodramática—. No solo me ha traicionado a mí, sino a Francia. —Habría querido matar a aquella mujer, que seguía insistiendo en que a sus amigos les encantaría y que, de verdad, era una casa estupenda—. Puede que lo fuera en algún momento —la interrumpió Pascale, cortante—, pero de eso hace mucho, muchísimo tiempo.

—Mañana le enviaré un equipo de limpieza para ayudar —dijo la agente, tratando de calmar a Pascale, pero en vano.

—No, lo que quiero es que venga usted misma, que esté aquí a las siete de la mañana, con un cheque devolviéndonos la mitad del dinero; de lo contrario, la demandaré. Y traiga a su equipo de limpieza con usted. Trabajará aquí, conmigo, los próximos dos días y será mejor que su equipo sea bueno de verdad.

—Por supuesto —dijo la agente con un aire ligeramente desdeñoso. Era amiga del agente que Pascale conocía en París y esta ya le había garantizado que, a menos que hiciera un milagro, su reputación con la agencia de París quedaría tan hecha pedazos como la casa—. Haré todo lo que pueda para ayudarla.

—Traiga mucha gente, un montón de materiales de limpieza y un montón de jabón suficiente para limpiar el infierno.

—Haré todo lo que pueda para serle útil —dijo la agente con altivez.

—Gracias —respondió Pascale con los dientes apretados, tratando de controlarse, aunque era un poco tarde para eso.

Le había dicho a aquella mujer lo que pensaba y se lo merecía. Los había engañado por completo, hasta el punto de ser un fraude. Al salir de la cocina, Pascale pegó un salto. Tenía delante de los ojos a un hombre que parecía medir tres metros. Era alto y delgado y daba miedo. Llevaba la barba y el pelo largos y vestía un peto vaquero, sin camisa, y zapatos de etiqueta, de charol. Parecía un vagabundo que se hubiera metido en la casa. Con una sensación de absoluto vacío en el estómago, Pascale supuso quién era. Llevaba en los brazos a uno de los caniches, que seguía ladrando, y le arreglaba amorosamente el lacito rosa. Solo podía ser el marido de Agathe, Marius. Cuando Pascale se lo preguntó, se inclinó.

—A su servicio, *madame. Bienvenue.*

Bienvenida. ¡Precisamente! Habría querido darle una patada en la espinilla por el estado en que se encontraba el jardín. Se suponía que él era el jardinero y el chófer.

—Tiene mucho trabajo que hacer —dijo Pascale sin rodeos—. ¿Tiene un cortacésped?

Por un momento, pareció no saber de qué le hablaba, como si le hubiera pedido alguna herramienta insólita y desconocida.

—Sí, creo que sí.

—Entonces, quiero que empiece a cortar la hierba mañana, a las seis de la mañana. Le llevará todo el día limpiar el terreno.

—Ah, pero *madame*…, tanto encanto…

—Las malas hierbas no tienen encanto —dijo Pascale, tajante, fulminándolo con la mirada, mientras él seguía acariciando al perro—. Este jardín no tiene encanto. Y el césped es una vergüenza. No le estoy pidiendo su opinión, le estoy diciendo lo que tiene que hacer. Cuando acabe, necesitaremos su ayuda en la casa. Hay mucho trabajo por hacer.

Vio cómo Agathe y Marius cruzaban una mirada. No parecían contentos.

—Tiene la espalda mal —explicó Agathe—. No puede hacer esfuerzos. Se cansa mucho.

Debía de tener cuarenta y cinco años bien cumplidos y parecía más holgazán que cansado. En realidad, Pascale sospechaba que estaba bebido o colocado. Exhibía una especie de sonrisa mema y una expresión aturdida y, cuando se inclinó por tercera vez, pareció que fuera a perder el equilibrio. Pero a Pascale le importaba un pimiento. Le inyectaría café, si tenía que hacerlo, o le daría anfetaminas. Tenía que hacer el trabajo. Por el momento, no había nadie más. Solo Dios sabía cómo sería el «equipo» de limpieza de la agente inmobiliaria.

—Tenemos dos días antes de que lleguen los demás —dijo Pascale, en un tono que no presagiaba nada bueno—. Y cuando lleguen, esta casa estará limpia. —Era evidente que pensaban que Pascale había vivido demasiado tiempo en Estados Unidos, pero podían pensar lo que quisieran; estaba decidida a conseguir lo que quería de ellos. Al mirarlos, se irguió en toda su estatura y, desde la punta de los pies a la cabeza, se convirtió en la profesora de ballet y en la dictadora que sabía que tendría que ser.

—¿Sabe cocinar? —le preguntó a Agathe a continuación. En el folleto decía que sí.

—No mucho —respondió Agathe, llenándose el pecho de cenizas al hablar.

Se las sacudió para que no le cayeran encima al perro, que estrechaba contra su pecho. El tercero estaba en el suelo, emitiendo los ladridos más agudos que podía. Para entonces, Pascale tenía un dolor de cabeza de elefante. Al imaginar una comida preparada por Agathe, decidió que más valía que no cocinara. De eso podría encargarse ella. Y podían salir a cenar a los restaurantes de Saint-Tropez, si a John le parecía bien.

—¿Quiere que le entre las maletas? —preguntó Marius amablemente, exhalando vapores etílicos hacia ella.

Era como un dragón que respirara fuego. Lo miró y le habría gustado decirle que prefería ir a un hotel, pero sabía que si lo hacía, suponiendo que encontrara una habitación, el trabajo se quedaría sin hacer. Aquellos dos necesitaban alguien que los vigilara, una mano firme y un cartucho de dinamita para empezar a moverse. Ponerles la inyección final a los perros también hubiera sido útil, pero eran el menor de sus problemas, pensó, y le entregó a Marius las llaves del coche.

Al cabo de un momento, volvía con el equipaje.

—¿La habitación principal, *madame*? —preguntó, llevando dos de las maletas, con su pelo largo y greñudo, su peto y sus ridículos zapatos de charol.

A Pascale le entraron ganas de echarse a reír al verlo; la situación era completamente absurda.

—Sí, está bien.

Siempre podían dársela a los Morrison más tarde, pero justo en aquel momento, pensó que se lo merecía.

Marius subió las maletas al dormitorio y Pascale, con una mirada de desesperación, se sentó en el único sillón. Al hacerlo, los muelles cedieron y se hundió hasta casi tocar el suelo.

Marius y Agathe la dejaron unos minutos después y ella se quedó allí sentada, mirando fijamente por la ventana. La vista era absolutamente perfecta y la casa era una pesadilla. No estaba segura de si reír o llorar. Por un momento, pensó en llamar a Diana, pero ¿qué podía decirle? No soportaba la idea de decepcionarlos, a ella, a Eric y a Robert, y ni se atrevía a pensar qué diría John. Solo rezaba para que no la llamara, porque estaba segura de que lo averiguaría todo con solo oírla. Pero sabía que, por fortuna, tenía muchas cosas que hacer antes de marcharse. Lo único que podía hacer era tratar de resarcirlos y poner aquel sitio en condiciones. Haría falta un milagro para conseguirlo en dos días. Mientras el sol se ponía sobre el mar, recostó la cabeza en el viejo sillón. Estaba absolutamente exhausta y tenía un dolor de cabeza espantoso; sabía que durante los dos días siguientes, tendría que hacer un ejercicio de magia. Era una forma endemoniada de empezar sus vacaciones en Saint-Tropez, pero Pascale se negó a declararse derrotada. No sabía cómo, pero iba a hacer que todo saliera bien.

6

Pascale puso el despertador a las cinco y media. Se levantó, se enfundó unos vaqueros y una camiseta y bajó a la cocina a ver si podía encontrar algo de café. Encontró justo lo suficiente para prepararse un *café filtre* y, con un aire de desesperación muy galo, se sentó en una vieja silla de cocina y encendió un cigarrillo. Estaba allí sentada, fumando y preguntándose si tendría que ir a despertar a la pareja, cuando uno de los perros entró corriendo en la cocina y empezó a ladrarle. Dos segundos después, apareció Agathe, con un delantal encima de un biquini rojo, del cual parecía desbordar aquel cuerpo suyo, redondo como un balón.

—¿Va vestida así para trabajar? —preguntó Pascale estupefacta, con una mirada de desánimo, aunque nada podía sorprenderla ya.

El espeso pelo rubio teñido, peinado a lo afro, parecía todavía más voluminoso que el día anterior. Se había pintado los labios con un color que hacía conjunto con el biquini y llevaba unos tacones todavía más altos. Los tres caniches daban vueltas, pegados a sus pies como si fueran sendas bolitas blancas y peludas. Por supuesto, en cuanto vieron a Pascale, se pusieron a ladrarle.

—¿No le parece que podría meterlos en algún sitio mientras trabajamos? —le preguntó a Agathe mientras se servía otra taza de café.

De repente, se dio cuenta de que no había comido nada desde el almuerzo del día antes. Habría dado su brazo derecho por un cruasán, sentada en la cocina de su madre, pero como ya había descubierto, en aquella donde estaba, no había nada de nada. Y no había tiempo para ir a la tienda. Quería poner en marcha a Agathe y Marius. Por lo menos, Agathe había aparecido a la hora fijada; ya era algo. Y Marius se presentó cinco minutos después. Dijo que había encontrado el cortacésped y que era bastante viejo.

Pero, cuando Pascale lo vio, se sintió aliviada al comprobar que, por lo menos, tenía motor. Ordenó al hombre que lo pusiera en marcha y no dejara que se parara hasta que hubiera limpiado todo lo que había a la vista.

—¿Todo? —preguntó él.

Se quedó estupefacto cuando ella asintió. Pascale imaginó que tendría trabajo para horas y que la perspectiva no le entusiasmaba. Agathe había ido a encerrar a los perros en su dormitorio, detrás de la cocina, y había vuelto con trapos, jabones y un plumero, que empezó a agitar en el aire, como si de una varita mágica se tratara, hasta que Pascale se lo quitó de las manos y le dio un trapo y algunos productos de limpieza y le indicó que empezara a trabajar en la cocina. Ella se encargaría de la sala de estar.

Primero enrolló las alfombras y las metió en un armario. Los suelos tenían mejor aspecto que aquellas alfombras deshilachadas. Luego, sacudió los cojines del sofá y las cortinas y pasó el aspirador por todo lo que había a la vista. El polvo la hacía toser, pero una vez que hubo ahuecado los cojines, gimiendo al ver las manchas que tenían, las cosas empezaban a tomar un aspecto un poco mejor. Dio cera a las mesas, utilizó papel de periódico para limpiar las ventanas, como su abuela le había enseñado, y limpió absolutamente todas las superficies. Luego enceró los suelos. La habitación no se parecía ni de lejos a la de las fotos, pero había mejorado cuando llegó la agente con su «equipo» de subordinados, todos con aspecto acalorado y aburrido. Eran todos jóvenes; los habían contratado aquella misma mañana para hacer lo que requiriera Pascale.

Pascale tuvo otra acalorada discusión con la agente, quien acabó aceptando devolverle la mitad de lo que habían pagado. Pascale pensó que John estaría contento. Pero lo estaría más aún, igual que los demás, si conseguía que la casa estuviera limpia. Entonces se lo ocurrió algo.

Fue arriba, abrió la maleta y sacó un montón de chales de colores alegres que había traído. Los colocó encima de las gastadas y manchadas tapicerías y, cuando acabó, la sala tenía un aspecto totalmente diferente. Las ventanas estaban limpias, las cortinas descorridas, todas las telarañas habían desaparecido, los suelos tenían un brillo de miel y los sofás y sillones, con sus alegres fundas improvisadas, hacían que la habitación tuviera un aspecto sencillo pero alegre. Lo único que faltaba eran flores y velas y unas bombillas más luminosas.

El equipo de limpieza se estaba aplicando a fondo en la cocina y Pascale envió a Agathe a hacer los baños, diciéndole que los frotara hasta que relucieran. Mientras, Marius seguía trabajando bajo el ardiente sol, cortando el césped. Cuando ella salió a comprobar su trabajo, no se mostró muy contento, pero lo que estaba haciendo cambiaba mucho las cosas. Entre los altos hierbajos, habían aparecido viejas sillas de jardín rotas y mesas de madera de dos patas, prácticamente desintegradas. Pascale le ordenó que lo tirara todo a la basura. Las malas hierbas iban desapareciendo lentamente y las flores silvestres que habían crecido en los márgenes tenían cierto encanto.

Pasaban de las ocho de la noche cuando todos acabaron y la agente se quedó mirando a Pascale con estupefacción. No era perfecto y no se parecía a las fotos, pero era una mejora de todos los diablos respecto a lo que Pascale había encontrado al llegar el día anterior. La cocina seguía teniendo un aspecto algo deprimente y los fogones eran prehistóricos, pero por lo menos, todo estaba limpio.

Pascale se sentía exhausta; llevaba catorce horas trabajando, pero había valido la pena. Puede que los otros se asustaran cuando lo vieran, pero por lo menos, no saldrían huyendo. La agente había traído queso, fruta y paté y Pascale había mordisqueado algo, pero prácticamente no había comido nada en todo el día. Lo único que quería era acabar el trabajo. Al marcharse, la agente le prometió que volvería con sus trabajadores al día siguiente. Y Marius tendría que seguir trabajando con el cortacésped. Agathe se había pasado el día chasqueando la lengua, compadeciéndolo. Al acabar su trabajo, tenía un aspecto todavía más delirante, si es que eso era posible. Llevaba el biquini rojo torcido y caído, las sandalias de tacones altos habían desaparecido y, por el aspecto de su pelo, se diría que había metido un dedo en un enchufe eléctrico. Gracias a Dios, Pascale no había visto ni oído a los perros en todo el día.

Estaba sentada en la cocina, con la mirada fija en el vacío, exhausta, picoteando los restos del paté, cuando sonó el teléfono, sobresaltándola. Lo cogió; era John que la llamaba desde el despacho y sonaba feliz y animado. No se habían visto desde hacía seis semanas y estaba encantado porque la vería al cabo de dos días.

—Bien, ¿qué tal es? ¿Es fantástica? —preguntó y sonaba entusiasmado.

Pascale cerró los ojos, tratando de decidir qué decir.

—Es un poco diferente de las fotos —dijo, preguntándose qué diría él cuando la viera.

Por lo menos, ahora estaba limpia y tenía mucho mejor aspecto, pero no era ningún palacio y se parecía muy poco a las elegantes fotografías que habían visto.

—¿Es mejor? —preguntó John, eufórico.

Pascale se echó a reír, moviendo la cabeza con un gesto negativo. Estaba tan cansada que apenas podía pensar.

—No exactamente; solo diferente. Quizá un poco más informal.

—Eso suena fenomenal. —Fenomenal no era exactamente la palabra que Pascale hubiera usado para describir aquella casa llamada Coup de Foudre, pero había hecho todo lo que había podido—. ¿Has hablado con los demás?

—No, he estado demasiado ocupada —dijo, con voz que sonaba exhausta.

John se echó a reír al oírla.

—¿Haciendo qué? ¿Pasar el día tumbada en la playa? —La había imaginado nadando y tomando el sol todo el día, no frotando suelos y paredes de cuartos de baño.

—No, he estado organizando la casa.

—¿Por qué no te relajas para variar?

Ya le habría gustado, ya, pero si lo hubiera hecho, a él le habría dado un infarto nada más cruzar la puerta.

—Quizá mañana —dijo vagamente, mientras bostezaba.

—Bien, nos veremos pasado mañana.

—Tengo muchas ganas —dijo sonriendo, pensando en él, sentada allí, en aquella destartalada cocina. En aquel momento vio una mancha de grasa que habían pasado por alto en los fogones.

—Vete a dormir, si no, estarás agotada cuando lleguemos.

—No te preocupes, lo haré. Que tengas un buen viaje.

Cuando colgaron, apagó las luces y se fue a la cama. Había hecho que Agathe cambiara las sábanas; las otras estaban grises y raídas. Le había costado, pero había encontrado un par para cada cama que parecían relativamente nuevas. Las toallas también parecían muy gastadas, pero ahora, por lo menos, estaban limpias. Se quedó dormida casi antes de apoyar la cabeza en la almohada y no se despertó hasta después salir el sol al día siguiente. No era posible bajar las persianas y las contraventanas también estaban rotas, pero no le importaba que el sol inundara la habitación.

También ese día trabajó igual de duro que el anterior. Los trabajadores que la agente le había proporcionado estaban agotados y no paraban de quejarse, pero se las arregló para que siguieran allí toda la tarde. Cuando salió afuera para ver qué había hecho Marius, el césped tenía un aspecto impecable y todos los muebles rotos habían desaparecido. Lo que quedaba podía servir, aunque necesitaba urgentemente una buena mano de pintura. Se preguntó si quedaba tiempo para que Marius se la diera, pero cuando fue a buscarlo, lo encontró en su habitación, dormido y roncando, con los tres perros tumbados encima y tres botellas de cerveza vacías sobre la cama. Era evidente que, por lo menos de momento, no iba a conseguir que hiciera mucho. Agathe también parecía rendida.

A las cinco, Pascale fue a Saint-Tropez y volvió con el coche lleno hasta los topes. Había comprado velas y flores y enormes jarrones donde ponerlas y, también, arreglos de flores secas. Había comprado tres chales más, llenos de colorido, para usar en la sala y tres latas de pintura blanca para que Marius se encargara de los muebles del jardín al día siguiente. Para cuando acabó, a las nueve de la noche, todos los rincones de la casa estaban inmaculados; el césped de todas partes, cortado; las malas hierbas, arrancadas, y había flores y revistas en todas las habitaciones. Había comprado unos maravillosos jabones franceses y toallas extra para todos y cada una de las habitaciones de la casa había experimentado una transformación mágica. Quizá no fuera un «flechazo», pero había mejorado muchísimo.

No podía imaginar qué dirían cuando vieran la casa. A ella le parecía mejor, pero seguía sin ser lo que ninguno de ellos esperaba. Temía que se enfadaran con ella, pero no era mucho más lo que podía hacer, sin contar con un pintor, un constructor y un decorador. Aquella noche, cuando bajó al muelle, a ver el barco, se preguntó si llegaría a navegar. Parecía como si llevara años amarrado y las velas estaban manchadas y hechas jirones. Sin embargo, sabía que si había alguna esperanza, Robert y Eric harían que desplegara sus velas.

También aquella noche se desplomó exhausta en la cama, pero con la sensación de haber cumplido sus propósitos. Se sentía enormemente aliviada por haber tenido la previsión de llegar con dos días de antelación. De no haberlo hecho, estaba segura de que los demás no habrían querido quedarse y pensaba que, ahora, sí que lo harían. Por lo menos, eso esperaba. No quería renunciar a su mes de vacaciones en Saint-Tropez.

Durmió como un leño y eran las diez de la mañana cuando se despertó. El sol bañaba la habitación y las flores que había puesto en las mesas añadían pinceladas de color y vida por todas partes. Se preparó café, que había comprado junto con otras provisiones el día anterior, y comió un *pain au chocolat* mientras leía un viejo ejemplar de *Paris Match*, antes de pasar a *The International Herald Tribune*. Cuando estaba en Francia, le gustaba leer *Le Monde*, pero John insistía en tener el *Herald Tribune* y lo había comprado para él el día anterior.

Cuando estaba metiendo los platos en el fregadero, entró Agathe, vestida con unos pantalones de ciclista de color verde eléctrico y un top sin espalda blanco, prácticamente transparente. Parecía uno de sus caniches, con el pelo ahuecado hacia fuera. Llevaba gafas de sol arlequinadas con piedras brillantes incrustadas en cada extremo y unos zapatos de plataforma espeluznantemente altos.

—Bonito día —comentó, lavando la taza de Pascale con una mano perezosa—. ¿Cuándo llegan sus amigos? —preguntó con aire indiferente, como si no le importara mucho.

—No hasta la tarde. Querría que Marius me acompañara al aeropuerto con la camioneta. No tengo sitio en el maletero de mi coche para todas sus cosas.

—Ayer se hizo daño en la espalda —dijo Agathe, acusadora, mirando, con el ojo izquierdo entrecerrado, a quien iba a ser su patrona por un mes. Tenía que cerrar el ojo derecho para evitar que le entrara el humo del Gauloise que parecía llevar eternamente pegado a los labios.

—Pero ¿puede conducir? —preguntó Pascale, observándola y dudando si hacerle algún comentario o no sobre su manera de vestir.

—Quizá —fue lo único que Agathe se avino a decir.

Pascale comprendió qué se requería. Fue discretamente a buscar su bolso y sacó quinientos francos para cada uno. Habían trabajado duro; seguramente más duro que en muchos años. Agathe pareció contenta. Pascale lo había comprendido. De cualquier modo, ya tenía intención de darles algo.

—Creo que para conducir sí que estará bien. ¿A qué hora quiere salir?

—A las tres. El avión llega a las cinco. Estaremos de vuelta para la hora de cenar.

Pascale había planeado dejar la cena preparada. Ninguno de ellos tendría ganas de salir la primera noche. Estarían cansados del viaje y querrían acomodarse.

Incluso consiguió que Marius pintara algunos de los muebles del jardín, a cambio de otros quinientos francos, y cuando se marcharon, la casa tenía realmente buen aspecto. Había obrado un milagro. Incluso Agathe lo comentó antes de que se fueran y dijo que todo tenía un aspecto estupendo. Se había sorprendido cuando Pascale se quedó, en lugar de ir a un hotel. En realidad, nadie había vivido en aquella casa desde hacía años.

—Hemos hecho un buen trabajo, ¿verdad? —dijo.

Pascale parecía satisfecha. Los perros de Agathe ladraban girando en torno a sus pies mientras ella se servía una cerveza y bebía un buen trago. Cuando se fueron al aeropuerto, le dijo adiós con la mano como si fueran viejas amigas. A esas horas vestía una escandalosa blusa rosa, transparente, con unos sostenes negros y unos shorts de un vivo color rosa y sus zapatos FMQ favoritos. Era toda un anuncio de moda y Pascale decidió no abordar el asunto de su ropa. Los demás podrían vivir con aquello, aunque quizá no con aquellos perros ladradores. Pascale le había pedido que los tuviera encerrados en su habitación todo lo posible. Le dijo que su esposo era alérgico a ellos, lo cual no era cierto, no al pelo, aunque sin ninguna duda, sí al ruido que hacían.

Era un largo y caluroso trayecto desde Saint-Tropez a Niza y, cuando llegaron al aeropuerto, Pascale se compró un zumo de naranja y vio cómo Marius compraba una cerveza. Mientras esperaba a que llegara el avión, observó que llevaba de nuevo su peto y sus zapatos de charol, evidentemente su uniforme de gala. Nunca se había sentido tan cansada en su vida. Verdaderamente, ahora sí que necesitaba unas vacaciones.

El vuelo de Nueva York llegó sin problemas. John venía con los Morrison, aunque no iba sentado con ellos. Como siempre, ellos viajaban en clase preferente y él, en clase turista. Eric le había tomado el pelo cuando fue a verlos durante el vuelo; charlaron un rato y luego John volvió a su asiento. Diana estaba leyendo en silencio y John vio cómo cruzaban una mirada extraña. Había una frialdad entre ellos que nunca había visto antes, pero ninguno de los dos dijo nada y él regresó a su asiento para dormir un rato. Tenía muchas ganas de volver a ver a Pascale. Pese a todas sus peleas, después de veinticinco años, seguía muy enamorado de ella. Hacía que su vida siguiera siendo interesante y era muy apasionada en todo, tanto si se trataba de hacer el amor como de discutir. Sin ella, durante aquellas seis semanas, el piso de Nueva York le había parecido solitario y sin vida.

—Dice John que Pascale cree que la casa es estupenda —dijo Eric al sentarse de nuevo al lado de Diana y, durante un largo momento, ella no contestó, manteniendo los ojos fijos en el libro—. ¿Me has oído? —preguntó él, en voz baja.

Ella levantó la mirada hacia él. Durante las últimas semanas, la decisión de ir a Saint-Tropez con él había pendido de un hilo y él se alegraba de que, finalmente, se hubiera decidido a acompañarlo. Se alegraba y se sentía aliviado. Las cosas habían estado tensas entre ellos durante el mes anterior. La tensión por la que habían pasado, había dejado su huella en la cara de Diana, si no en la de él.

—Te he oído —confirmó ella, sin expresión. Sin nadie conocido cerca, no hacía falta que fingiera—. Me alegro de que a Pascale le guste la casa. —No había vida en sus ojos al decirlo.

—Espero que a ti también te guste —dijo él con suavidad.

Quería que lo pasaran bien. Lo necesitaban desesperadamente y confiaba que un mes en Francia solidificara de nuevo el vínculo que los unía. Siempre habían tenido mucho en común, les encantaba hacer las mismas cosas, les gustaban las mismas personas y se admiraban mutuamente de verdad.

—No sé cuánto tiempo voy a quedarme —dijo ella, reiterando el mantra que había estado repitiendo aquellas dos últimas semanas—. Ya veremos.

—Huir no va a resolver nada. Nos divertiremos con los demás y nos hará bien a los dos —dijo esperanzado, pero Diana no parecía convencida en absoluto.

—«Divertirse» tampoco va a resolver nada. No se trata de «diversión».

Había cuestiones más importantes en juego. Él había arriesgado la vida de los dos, había puesto en peligro su matrimonio y Diana todavía no había decidido qué iba a hacer al respecto. Durante las semanas anteriores, había llegado a una decisión varias veces y luego había vuelto a cambiar de opinión. No quería precipitarse, pero estaba segura de que no podría perdonarle lo que había hecho. La había herido mortalmente y había debilitado su fe, no solo en él, sino también en ella misma. Ahora se sentía imperfecta, no deseada y, de repente, mucho más vieja de lo que parecía. No sabía si volvería a sentir lo mismo por él nunca más.

—Diana, ¿no podemos tratar de dejar todo esto atrás? —preguntó él en voz queda.

Pero decirlo era fácil para él, mucho más fácil que para ella.

—Gracias por preguntármelo —dijo, sarcástica, y volvió a coger el libro—. Ahora que sé qué tengo que hacer, estoy segura de que todo irá bien.

Tenía los ojos llenos de lágrimas mientras fingía leer el libro que sostenía entre las manos, pero su cabeza no había dejado de divagar durante la hora pasada y no tenía ni idea de lo que había leído. Solo sostenía el libro para evitar que él le hablara. No quedaba nada que ella quisiera decir. En las últimas y angustiosas semanas, lo habían dicho todo.

—Diana… no seas así… —dijo él.

Al principio, ella fingió no oírlo. Luego volvió la cabeza para mirarlo. Todo el dolor que sentía estaba escrito en su cara.

—¿Cómo esperas que sea, Eric? ¿Divertida? ¿Indiferente? ¿Superficial? ¿Animada, quizá?… Ah, ya sé. Se supone que soy la esposa amante y comprensiva, que adora a su marido. Bueno, pues quizá no puedo serlo —respondió, y se le hizo un nudo en la garganta al decir las últimas palabras.

—¿Por qué no nos das una oportunidad? Deja que pase la tormenta mientras estamos aquí. Ha sido un tiempo difícil, para los dos…

Antes de que pudiera decir nada más, ella lo interrumpió y se puso de pie.

—Perdóname si no me muestro muy comprensiva con lo «difícil» que ha sido para ti. No es así exactamente como yo lo veo. Buen intento.

Después de decir esto, pasó por encima de él y desapareció pasillo abajo para alejarse de él y estirar las piernas. Se habían dicho lo suficiente durante el mes anterior. No quería volver a oírlo todo de nuevo; sus excusas, sus promesas, sus disculpas, sus intentos por justificar lo que había hecho. Ni siquiera quería estar allí con él y lamentaba haber ido. Solo hacía el viaje para no decepcionar a sus amigos. Fue hasta el asiento de John y, al llegar, vio que estaba profundamente dormido. Se quedó mirando por el ojo de buey de la puerta en la parte de atrás del avión, pensando en el estado de su matrimonio. Se sentía destrozada, nunca había pensado que pudiera acabar así. Todo lo que habían compartido y en lo que habían creído, toda la confianza que siempre había sentido por Eric parecía haberse roto en añicos, sin posibilidad de repararse. Cuando volvió a su asiento, no dijo ni una palabra y no hablaron durante el resto del viaje.

El vuelo llegó a su hora y la cara de Pascale se iluminó de alegría al ver a John, con los Morrison detrás. Parecían cansados y menos habladores que de costumbre, pero charlaron todos animadamente sobre la casa mientras iban en el coche y Marius los seguía en la camioneta con el equipaje. Se habían alarmado un poco al ver a Marius, y Pascale procuró prepararlos para Agathe durante el viaje de vuelta a Saint-Tropez, pero resultaba difícil describirla adecuadamente, especialmente con su biquini rojo y sus zapatos FMQ.

—¿No lleva uniforme? —preguntó John.

De alguna manera, había imaginado una pareja francesa, con vestido blanco, ella, y chaqueta blanca, él, sirviendo el almuerzo de forma impecable, en la elegante villa. Pero el retrato que pintaba Pascale era, decididamente, diferente del que él tenía en mente.

—No exactamente —respondió ella—. Son un poco excéntricos, pero trabajan mucho. —«Y beben mucho. Y sus perros no paran de ladrar», podía haber añadido, pero no lo hizo—. Espero que os guste la casa —añadió algo nerviosa, cuando, a las siete y media, llegaron por fin a Saint-Tropez.

—Estoy seguro de que nos encantará —dijo Eric con seguridad, al pasar entre los ruinosos pilares y cruzar la verja.

—Es algo más rústica de lo que habíamos pensado —dijo Pascale mientras el coche avanzaba, traqueteando, por el camino lleno de baches.

John ya parecía un poco sorprendido y Pascale observó que los Morrison, en el asiento de atrás, guardaban un silencio total, lo cual no era propio de ellos, en absoluto. Pero, probablemente, estaban cansados y alicaídos debido a sus sutiles advertencias. Cuando detuvo el coche frente a la casa, John se quedó mirándola fijamente.

—Necesita una mano de pintura o una puesta a punto o algo, ¿no?

—Necesita mucho más que eso, pero ahora, por lo menos, está limpia —dijo Pascale con humildad.

—¿No estaba limpia cuando llegaste? —preguntó Diana, con una mirada de estupefacción.

—No exactamente. —Entonces, Pascale rompió a reír. No tenía sentido tratar de ocultarles nada. Ahora que estaban allí, le pareció mejor decirles la verdad—. Estaba hecha una pocilga cuando llegué. He pasado los dos últimos días limpiándola, con la ayuda de un equipo de diez personas. Las buenas noticias son que nos han devuelto la mitad del dinero, porque la verdad es que nos engañaron.

John pareció entusiasmado al oír aquello. Para él, era casi como conseguir unas vacaciones gratis y eso le encantaba.

—¿Es de verdad tan horrible, Pascale? —preguntó Diana que, de repente, parecía preocupada.

Eric se dispuso a tranquilizarla. Lo último que quería era que Diana se fuera.

—No, no es horrible, pero todo está bastante viejo y maltrecho y no hay muchos muebles. Y la cocina parece salida de la Edad Media —dijo Pascale con franqueza.

—Bueno, ¿y qué? ¿A quién le importa? —dijo John riendo.

Una vez que había conseguido recuperar la mitad del dinero, la casa le encantaba. Era lo mejor que podrían haberle dicho, antes de que viera la casa de cerca.

Cuando entraron, Diana soltó una exclamación ahogada. Se estremeció al ver lo vacía y destartalada que estaba, pero tenía que admitir que los chales de Pascale sobre los muebles eran un toque inteligente. Supo que la tapicería debía de estar hecha un desastre para que Pascale los hubiera puesto allí. Sin embargo, cuando echaron una mirada más a fondo, decidieron que no estaba tan mal. No era lo que esperaban, claro, pero por lo menos, Pascale los había preparado. Cuando les contó el aspecto que tenía cuando ella llegó y lo que había hecho, se sintieron impresionados y agradecidos por sus esfuerzos.

—Fue una suerte que vinieras antes que nosotros —dijo Eric, cuando vieron la cocina.

Estaba impecablemente limpia, pero era tan anticuada como Pascale les había advertido.

—¿Cómo diablos se las arreglaron para las fotos? —dijo John con un aire estupefacto.

—Parece que las tomaron hace unos cuarenta años, en los sesenta.

—¡Qué falta de honradez! ¡Es vergonzoso! —dijo Eric, con una mirada de desaprobación, pero parecía satisfecho con la casa.

Era cómoda, estaba limpia y tenía un ambiente muy

informal. No era la lujosa villa que esperaban, pero gracias a Pascale y a sus esfuerzos en beneficio de todos, tenía cierto encanto, especialmente con aquellas flores que había puesto por todas partes, y las velas.

Aunque Pascale ofreció cederles la habitación principal a los Morrison, cuando se dieron cuenta de todo lo que había hecho por ellos, insistieron en que ella y John se la quedaran.

—Lo hice solo para que no me odiarais —admitió ella y todos se echaron a reír. Luego John fue a buscar una botella de vino y se dio de cara con Agathe, que estaba en la cocina. Llevaba unos shorts blancos, la parte de arriba de su biquini rojo y sus sandalias rojas de tacones altos. John se quedó inmóvil, sin poder apartar los ojos de ella durante un instante. Como de costumbre, tenía un ojo cerrado y un Gauloise entre los labios.

—*Bonjour* —dijo John con torpeza.

Ese era casi todo el francés que había aprendido la primera vez que fue a París para conocer a la madre de Pascale.

Agathe le sonrió y, un instante después, apareció Marius, con los perros pisándole los talones.

—¡Oh, Dios! —fue lo único que se lo ocurrió decir a John, cuando uno de los perros se le agarró a la pernera del pantalón y, en menos de cinco segundos, consiguió atravesarla con los dientes.

Marius le abrió la botella de vino y Agathe desapareció con los perros. John, con un aire un poco aturdido, fue arriba, con la botella de vino y cuatro copas.

—Acabo de encontrarme con los perros de los Baskerville y con la malvada hermana gemela de Tina Turner.

Pascale se echó a reír al oír esa descripción y le pareció que una sombra de tristeza cruzaba el rostro de Diana, pero cuando miró a Eric, no vio nada. Se preguntó si

Diana estaría pensando en Anne y en lo mucho que le hubiera gustado estar allí con ellos. También a ella le había pasado esa idea por la cabeza cuando llegó, pero desde entonces había estado demasiado ocupada para pensar en ella. Y estaba segura de que lo mismo le sucedería a Robert. Todos echaban muchísimo de menos a Anne, pero era importante no pensar en su ilusión por pasar un mes allí.

—¿Has visto el barco? —preguntó Eric, esperanzado, mientras John les servía vino a todos.

—Sí —confesó Pascale—. Se remonta a la época de Robinson Crusoe. Espero que todavía podáis navegar en él.

—Estoy seguro de que conseguiremos hacer que navegue —afirmó, mirando a su esposa con una sonrisa, pero Diana no dijo nada.

Pascale preparó la cena. Agathe ya había puesto la mesa y se ofreció para servir la comida, pero Pascale dijo que podía arreglárselas sin ella. Más tarde, mientras ella y Diane recogían los platos y John y Eric fumaban un cigarro en el jardín, Pascale no pudo menos de mirar a su amiga y hacerle una pregunta. Estaba preocupada por ella.

—¿Estás bien? Hace ya un tiempo que pareces estar disgustada y, en Nueva York, me decía que estabas cansada. ¿Te encuentras bien, Diana?

Se produjo una larga pausa mientras esta la miraba, empezaba a asentir y luego negaba con la cabeza enérgicamente. Se dejó caer en una silla, junto a la mesa de la cocina, y las lágrimas empezaron a correrle por las mejillas. Levantó los ojos hacia Pascale, desconsolada, incapaz de ocultarle su dolor a su amiga.

—¿Qué te pasa? Pobrecita… ¿Qué ha pasado?

Pascale le rodeó los hombros con el brazo y Diana se secó los ojos con el delantal.

No podía pronunciar ni una palabra. Se apoyó contra Pascale unos momentos y esta la sostuvo como si fuera una niña, preguntándose qué le había pasado para disgustarla hasta ese punto. Nunca había visto así a Diana.

—¿Estás enferma? —Diana negó con la cabeza y continuó sin decir nada. Lo único que podía hacer era sonarse con el papel de cocina que Pascale acababa de darle—. No se tratará de Eric y tú, ¿verdad? —Para Pascale aquella era una pregunta retórica, pero en cuanto vio la expresión en la cara de Diana comprendió que había acertado. Diana la miró fijamente durante un largo momento y finalmente asintió—. ¡No, no es posible! ¿Cómo puede ser?

—No sé cómo puede ser. Llevo un mes haciéndole la misma pregunta a él.

—¿Qué ha sucedido? —Pascale estaba estupefacta y Diana parecía destrozada.

—Tiene un lío con una de sus pacientes —dijo y volvió a sonarse.

En cierto modo, era un alivio contárselo a Pascale. No se lo había dicho a nadie desde que él se lo confesó. Era su secreto, horrible y solitario.

—¿Estás segura de que no son imaginaciones tuyas? Es que no puedo creérmelo.

—Pues es verdad. Él me lo ha dicho. Desde hacía unos dos meses, yo sabía que algo andaba mal, pero no sabía qué y hace cuatro semanas, él me lo confesó. El bebé de Katherine cogió difteria y hubo que llevarlo al hospital en mitad de la noche, así que llamé a Eric para pedirle que se reuniera con ellos en urgencias y me dijeron que no había estado allí en toda la noche. Él me había dicho que tenía que atender un parto. Incluso me había llamado para decirme que estaba atrapado allí hasta por la mañana y que después se iría directamente a la consulta. De repente, comprendí que la mayoría de veces que me decía que estaba en el hospital por la noche, no era así.

—¿Eric? —A Pascale se le quebró la voz. Eric siempre le había parecido el marido perfecto. Poco exigente, de buen carácter, considerado, amable con su esposa, el marido y el padre ideal—. ¿Está enamorado de ella?

—Dice que no está seguro. Dice que ha dejado de verla y quizá lo ha hecho porque ella lo ha estado llamando a casa todas las noches. Creo que está muy disgustado. Dice que ella es una buena persona. Era una de sus pacientes y su marido la dejó justo después de nacer el bebé. Dice que sentía lástima por ella. Y debe de ser muy guapa; es modelo.

—¿Qué edad tiene? —preguntó Pascale, angustiada por su amiga.

Era la peor pesadilla de cualquier mujer. Diana parecía hecha añicos por lo que acababa de contarle.

—Treinta años —dijo Diana, con el corazón destrozado—. Soy lo bastante vieja como para ser su madre. Tiene la misma edad que Katherine. Me siento como si tuviera seiscientos años. Probablemente, él estaría mejor con ella. —Miró a Pascale con una mirada acongojada—. Creo que nunca más podré confiar en él. Ni siquiera estoy segura de poder seguir estando casada con él.

—No puedes hacer eso —dijo Pascale, con aire horrorizado—. No puedes divorciarte. No después de tanto tiempo. Eso sería horrible. Si ha dejado de verla, entonces es que se ha acabado. La olvidará —dijo Pascale, con un tono esperanzado, pero sintiendo mucha lástima de su amiga.

—Puede que él la olvide, pero yo no —dijo Diana

sinceramente—. Cada vez que lo mire, sabré que me ha traicionado. Lo odio por haberlo hecho.

—Es lógico —dijo Pascale, comprensiva—. Pero es algo que, a veces, pasa. Incluso podría haberte pasado a ti. Si ha puesto fin a lo de esa chica, tienes que procurar perdonarlo. Diana, no puedes divorciarte. Arruinarás tu vida, y la suya también. Os queréis.

—Al parecer, no tanto como yo pensaba. Por lo menos, en su caso no.

No había nada en sus ojos que hablara de perdón, solo rabia, dolor y desilusión. Pascale se sintió muy triste por ella.

—¿Y él, qué dice?

—Que lo siente. Que no volverá a pasar nunca más. Que lo lamentó en el momento mismo de hacerlo, pero siguió haciéndolo durante tres meses y quizá hubiera continuado más tiempo, si el bebé de Katherine no se hubiera puesto tan enfermo aquella noche. Puede que incluso me hubiera dejado por ella —dijo Diana, llorando todavía con más fuerza al pronunciar esas palabras.

—No puede ser tan estúpido.

Pero era atractivo y tenía un aspecto fabuloso para su edad y trataba con mujeres todo el tiempo. Tenía más oportunidades de conocer mujeres que la mayoría de hombres. Todo era posible, incluso para un hombre tan responsable y digno de confianza como Eric. Sin embargo, veía en los ojos de Diana lo que le había hecho. Le sorprendía que hubiera ido de vacaciones y se lo preguntó.

—Cuando lo descubrí, no quería hacerlo, pero él me rogó que viniera. Ahora dice que solo puede quedarse dos semanas y, si se va, cada minuto, pensaré que está con ella.

—Quizá tendrías que creerlo cuando dice que se ha

acabado —dijo Pascale, tratando de apaciguarla, pero Diana parecía furiosa.

—¿Por qué tendría que creerlo? Me ha mentido. ¿Cómo se puede esperar que confíe en él? —Tenía razón y Pascale no sabía qué responder, pero le rompía el corazón pensar que iban a poner fin a su matrimonio—. Es que no creo que pueda seguir casada con él, Pascale. Nunca volverá a ser lo mismo para mí. Probablemente, no tendría que haber venido de vacaciones. Le dije que iba a llamar a un abogado antes de marcharnos y me pidió que, al menos, esperara hasta que acabara el viaje. Pero no creo que esto cambie nada. —Era una carga muy pesada para llevársela con ellos, como un juego de maletas llenas de plomo. Y no era un buen augurio para las vacaciones—. ¿Tú seguirías casada con John si te engañara? —preguntó Diana mirándola directamente a los ojos con una expresión amarga.

Ni siquiera parecía la misma mujer. Siempre se había mostrado tan despreocupada y tan feliz, igual que Eric. Y tenían una relación tan estupenda… De las tres parejas, Pascale siempre había pensado que era la que tenía un matrimonio mejor; o quizá el mejor era el de Robert y Anne. John y ella siempre habían tenido sus diferencias y discutían mucho más que los otros. Y ahora Anne estaba muerta y Diana hablaba de divorciarse de Eric. No podía soportar la idea.

—No sé qué haría —contestó Pascale sinceramente—. Estoy segura de que querría matarlo. —John hablaba mucho de mujeres, pero Pascale opinaba que no hacía nada. En realidad, estaba segura de ello. Era solo que le gustaba el aire que eso le daba. En su caso, era todo palabrería y bravatas—. Creo que lo pensaría muy bien antes de hacer nada y, quizá, tratara de volver a confiar en él. Mira, Diana, a veces la gente hace estas cosas.

—No seas tan francesa —dijo Diana con un gemido y luego rompió a llorar de nuevo.

Se sentía absolutamente desdichada y todavía lamentaba haber ido de vacaciones. Cada vez que miraba a Eric, se alteraba. No sabía cómo iba a superar aquel mes, ni siquiera un solo día, con él.

—Quizá los franceses tengan razón en algunas cosas —dijo Pascale, con delicadeza—. Hay que pensarlo muy bien antes de hacer algo que luego puedas lamentar.

—Eso es lo que él tendría que haber hecho, antes de acostarse con esa mujer —dijo Diana furiosa.

Le parecía especialmente cruel que la mujer fuera mucho más joven. Hacía que se sintiera vieja y poco atractiva. Eric la había herido de la forma más dolorosa posible y no sabía cómo iba a superarlo ni si su matrimonio iba a sobrevivir.

—¿Se lo has contado a alguien? —preguntó Pascale con cautela.

—Solo a ti —respondió Diana—. Me sentía tan avergonzada… No sé por qué tendría que sentirme avergonzada, pero lo estoy. Me hace sentir como si fuera menos que una persona, como si no fuera lo suficientemente buena para él.

Parecía estar completamente deshecha.

—Diana, sabes que eso no es verdad. Él hizo algo muy estúpido. Y estoy segura de que también se siente avergonzado —dijo Pascale, esforzándose por ser justa con los dos—. Creo que has sido muy valiente viniendo.

Realmente la admiraba por ello, aunque era evidente que Diana no tenía ningunas ganas de estar allí. Estaba demasiado angustiada para que le importara el viaje.

—No quería dejarte colgada —dijo Diana tristemente—, ni tampoco a Robert. Sé lo difícil que será para él venir aquí. Sentía que se lo debía. He venido más por él que por Eric.

—Puede que estar aquí os haga bien a los dos —dijo Pascale, esperanzada.

Pero necesitaban más que unas vacaciones; necesitaban cirugía mayor, no unas tiritas.

—Creo que no se lo perdonaré nunca —dijo Diana, llorando de nuevo.

—Todavía no, seguro. Pero tal vez con el tiempo —dijo Pascale, sensatamente.

Rodeó con el brazo a su amiga y se abrazaron. Al cabo de un rato, volvieron a la sala a reunirse con sus maridos. Cuando los hombres entraron, después de acabarse los cigarros, Pascale vio claramente el abismo que se había abierto entre Eric y Diana. Se miraban como si se hubieran perdido y a Pascale le dolió el corazón al mirarlos.

Todavía se sentía deprimida cuando ella y John subieron a su dormitorio y él lo observó inmediatamente, lo cual era inusual en él. A veces, era mucho menos perceptivo en todo lo relativo a ella.

—¿Pasa algo malo? —le dijo, preguntándose si habría hecho o dicho, sin darse cuenta, algo que la había disgustado.

—No, solo estaba pensando.

Pascale no quería decirle nada, a menos que Diana la autorizara. No quería traicionar su confianza. Tenía intención de preguntarle si podía contárselo a John, pero no lo había hecho.

—¿Sobre qué? —preguntó este, con aire inquieto.

Pascale parecía verdaderamente preocupada.

—Nada importante, el almuerzo de mañana —respondió mintiéndole, pero solo para proteger el secreto de Eric y Diana.

—No te creo. ¿Es algo importante?

—En cierto modo.

—Me parece que sé de qué se trata. Eric me ha dicho que él y Diana tienen problemas. —John también parecía disgustado.

—¿Te ha dicho qué clase de problemas?

—No. Los hombres no solemos ser tan específicos. Solo dijo que estaban pasando un mal momento.

—Diana quiere divorciarse —dijo Pascale, consternada—. Eso sería terrible, para los dos.

—¿Se trata de otra mujer? —preguntó John y ella asintió.

John parecía tan apenado como ella.

—Eric le ha dicho que ya se ha acabado, pero Diana dice que está demasiado dolida para perdonarlo.

—Confío en que lo solucionen —dijo John, con aire preocupado—. Han pasado treinta y dos años juntos. Eso cuenta para algo. —La atrajo hacia sí y la rodeó con los brazos, con una expresión cariñosa que no era corriente en él. La mayor parte del tiempo se mostraba brusco y áspero, pero ella sabía que, debajo de aquella apariencia, la quería—. Te he echado de menos —dijo John con dulzura.

—Yo también a ti —respondió ella sonriendo.

Él la besó y, un momento después, apagó la luz y la cogió entre sus brazos. Habían pasado seis semanas sin verse, un largo tiempo en cualquier matrimonio, pero él sabía lo mucho que significaba para ella estar en París y nunca la habría privado de ir. Pascale vivía para esas semanas en su ciudad cada año.

Después de hacer el amor, siguieron abrazados mucho rato, con la luz de la luna llena entrando por la ventana. Cuando él se quedó dormido, ella permaneció junto a él, mirándolo y preguntándose cómo se sentiría si él le hiciera lo que Eric le había hecho a Diana. Sabía que estaría completamente destrozada. Igual que Diana. Lo único que podía pensar en aquel momento era lo afortunada que era por tenerlo. Era lo único que necesitaba y quería, y siempre lo había sido.

7

A la mañana siguiente, mientras Pascale preparaba el desayuno para todos, John apareció en la cocina con aire de estar presa del pánico. Llevaba una manija de bronce en una mano. En aquel momento, pasó Agathe por allí, con un biquini leopardo, zapatos de plataforma y un *walkman*, llevando un cubo de basura y cantando a voz en grito. John se quedó quieto, con la mirada clavada en ella, como si no pudiera creer lo que veía. Pascale continuó preparando huevos revueltos, completamente indiferente a la visión que ofrecía Agathe. A esas alturas, ya estaba acostumbrada y parecía totalmente ajena al aspecto que presentaba.

—¡El baño se está inundando! —anunció John, agitando la manija ante los ojos de Pascale—. ¿Qué se supone que tengo que hacer?

—No lo sé. ¿No puedes resolverlo tú? Estoy cocinando. —Pascale parecía ligeramente divertida, mientras él continuaba blandiendo la manija en dirección a ella—. ¿Por qué no llamas a Marius y haces que te ayude? —propuso y él levantó los ojos al cielo, exasperado.

—¿Y cómo sé dónde encontrarlo? ¿Y cómo le digo lo que ha sucedido?

—Pues enseñándoselo —dijo Pascale, haciendo señas a Agathe, que seguía cantando, para captar su atención.

Finalmente, la mujer se quitó los auriculares y Pascale le explicó el problema. No pareció sorprendida; se limitó a coger la manija de la mano de John y, balanceando las caderas, se marchó a buscar a su marido. Este apareció unos minutos más tarde, con un cubo, una fregona y un desatascador. Llevaba pantalones cortos y una camiseta transparente y parecía víctima de una espantosa resaca.

Agathe le estaba explicando a Pascale que eso pasaba constantemente, pero que no era un gran problema y, justo mientras lo decía, del techo de la cocina empezó a caer un hilillo de agua. John y Pascale miraron hacia arriba aterrados. Él salió a todo correr para volver a la escena del crimen y Marius lo siguió, más lentamente. Agathe volvió a colocarse los auriculares y a cantar a pleno pulmón mientras ponía la mesa.

Eric y Diana entraron entonces en la cocina y él se sobresaltó al ver a Agathe con su biquini leopardo y su delantal.

—Es toda una visión —constató, circunspecto, y Diana soltó una carcajada.

—¿Siempre tiene ese aspecto? —preguntó Diana, cuando Pascale se apartó de los fogones y le sonrió.

Estaba contenta al ver que los dos parecían un poco más relajados y descansados que la noche anterior.

—Más o menos. A veces lleva puesto más, a veces menos, aunque suele ser el mismo tipo de ropa. Pero limpia muy bien. Me ayudó a poner la casa en condiciones antes de que llegarais.

—En cualquier caso, es original —dijo Eric y cogió un melocotón del cuenco que había encima de la mesa de la cocina. La fruta que Pascale había comprado era deliciosa—. ¿Está lloviendo aquí dentro o tenemos un problema? —preguntó Eric, mirando hacia el continuo chorrito de agua que caía del techo.

—John dice que el váter se sale —dijo Pascale y Eric asintió mientras ella le servía los huevos.

Unos minutos más tarde John se reunió con ellos. Parecía agobiado y un tanto fuera de quicio.

—Hay cinco centímetros de agua en el suelo del baño. He hecho que Marius cortara el agua hasta que llame a un fontanero.

—¿Cómo te las has arreglado para decírselo? —Pascale parecía impresionada. En veinticinco años, John apenas había dicho diez palabras en francés a su madre, la mayoría *bonjour, au revoir* y *merci* y solo cuando no tenía más remedio.

—Solía hacer charadas cuando estaba en la secundaria —dijo él, zambulléndose en los huevos.

En ese momento, Marius entró y colocó un cubo debajo de la gotera. Parecía que ahora el agua salía más rápidamente y con más fuerza, pero él no parecía preocupado; desapareció de nuevo y Agathe lo siguió.

—¿Has dormido bien? —le preguntó Pascale a Eric mientras tomaban los huevos.

Les sirvió a todos unas humeantes tazas de café fuerte.

—Perfectamente —respondió Eric, mirando de soslayo a Diana.

Parecía que no se hablaban o, por lo menos, no más de lo absolutamente necesario. Y había una clara sensación de tensión entre ellos. En cuanto acabaron de comer, Pascale le propuso a Diana que fueran al mercado. John quería quedarse para hablar con el fontanero y Eric anunció que iba a ver si el velero podría hacerse a la mar.

Fue una mañana tranquila para todos ellos. Hacía un tiempo de fábula y Diana y Pascale charlaron de camino al mercado. Pascale comentó que Eric parecía estar haciendo un esfuerzo para ser agradable con ella y Diana asintió, sin apartar la mirada de la ventanilla.

—Es verdad —reconoció—, pero no estoy segura de que eso cambie nada.

—Quizá tendrías que esperar y ver qué pasa durante las vacaciones. Estos días pueden haceros mucho bien a los dos, si tú lo permites.

—¿Y luego qué? ¿Lo olvidamos todo y fingimos que no ha pasado nada? ¿Tú crees que puedo hacer una cosa así? —Diana parecía irritada ante la idea.

—No estoy segura de que yo pudiera tampoco —dijo Pascale, sinceramente—. Probablemente mataría a John si él me hiciera algo así. Pero quizá sea justamente eso lo que tienes que hacer para arreglar las cosas.

—¿Por qué tengo que ser yo quien arregle las cosas? —dijo Diana y sonaba furiosa de verdad—. Fue él quien lo hizo, no yo.

—Pero quizá tengas que perdonarlo, si quieres que sigáis casados.

—Eso es algo que todavía no he decidido.

Pascale asintió y unos minutos más tarde llegaron al mercado. Dedicaron dos horas a comprar pan, quesos, fruta, vino, unas terrinas maravillosas y una tarta de fresas que hizo que a Pascale se le hiciera la boca agua, con solo mirarla. Cuando volvieron a la casa con la compra, encontraron a Eric y John tumbados en las hamacas del jardín, mientras John fumaba su cigarro; los dos parecían relajados y felices. Cuando las mujeres entraron con sus bolsas de red y un gran cesto, John les dijo que había venido el fontanero a arreglar el váter, pero que, en cuanto se había ido, el del cuarto de baño de Eric y Diana había empezado a salirse y que Marius estaba arriba tratando de arreglarlo.

—No creo que debamos comprar la casa —dijo Eric con total naturalidad.

—Les hemos ofrecido un avance de las noticias —dijo John, moviendo el cigarro en dirección a su mujer—. Espero que no hayáis gastado demasiado dinero en comida.

—Por supuesto que no; solo he comprado quesos pasados, pan de hace varios días y fruta podrida. Todo junto, una ganga.

—Muy graciosa —dijo él, volviendo a Eric y a su cigarro.

Los cuatro tomaron el almuerzo al aire libre. Luego fueron a nadar y Eric se llevó a Diana en el barco. Al principio, parecía resistirse a ir con él, pero, finalmente, logró convencerla. Diana no era muy marinera y, además, parecía decidida a no darle ninguna oportunidad, pero Pascale se había ido a dormir la siesta y John desapareció poco después y, como no había nada más que hacer, decidió ir.

Cuando los Donnally salieron finalmente de su habitación hacia las seis, Eric y Diana estaban hablando y parecían mucho más relajados que por la mañana. Era evidente que, aunque las cosas no iban perfectamente entre ellos, sí que habían mejorado un poco.

Pascale cocinó pichón para cenar, siguiendo una vieja receta de su madre, y comieron la tarta de fresas que ella y Diana habían comprado en el mercado. Estaba deliciosa. La completaron con *café filtre* y luego charlaron, sentados en torno a la mesa. Robert llegaba al día siguiente y Diana le preguntó a Pascale si sabía algo más del misterioso «alguien» que había dicho que quizá lo acompañaría.

—No he sabido nada más de él desde que salí de Nueva York. Supongo que nos lo dirá cuando llegue, pero no creo que sea aquella actriz. Apenas se conocen. Me parece que nos preocupamos por nada.

En el relajado ambiente de Saint-Tropez se sentía menos inquieta.

—Eso espero —dijo Diana, con aire adusto.

Especialmente después de la infidelidad de Eric, parecía haberse convertido en la guardiana de la moralidad. Se había prometido que no iba a dejar que Robert hiciera el ridículo y, si les decía que había invitado a Gwen Thomas, Diana tenía toda la intención de decirle que estaba cometiendo un terrible error y que era un enorme insulto a Anne que saliera con una de esas *starlettes*. Difícilmente podía ser una *starlette*, a su edad, pero Diana estaba absolutamente convencida, igual que Pascale, de que no podía ser una persona decente y lo único que ellas querían era proteger a Robert de sí mismo.

Pero al día siguiente, cuando llegó, Robert tenía un aspecto enteramente respetable. Salió del coche alquilado con Mandy, que llevaba una camiseta y unos vaqueros blancos y un sombrero de paja. Robert vestía una camisa azul de algodón y pantalones caqui. Los dos tenían un aspecto fresco, limpio y sano y muy estadounidense y parecieron sobresaltarse al ver la casa.

—No es así como la recordaba de las fotos —dijo Robert, con aire desconcertado—. ¿Estoy loco o se ha vuelto un poco más rústica?

—Mucho más rústica —explicó Pascale.

John la miró, divertido, y añadió:

—Y espera a que veas a la doncella y el jardinero, pero nos han devuelto la mitad del dinero, así que vale la pena.

—¿Por qué lo han hecho? —Robert pareció sorprendido por lo que acababa de decir John.

—Porque nos timaron. Son franceses. ¿Qué se puede esperar? —Pascale lo fulminó con la mirada, pero él no se arredró—. Para decirlo sin ambages, al parecer, cuando Pascale llegó aquí, esto era como *La caída de la casa de Usher*. Pasó dos días limpiando y ahora está bien, solo que no trates de tirar de la cadena en los baños y no esperes encontrar la casa en *Architectural Digest*.

Robert asintió con aire divertido y, al instante, Mandy pareció muy preocupada.

—Pero ¿podemos usar los baños?

En su voz había una nota de pánico que divirtió a Pascale. Anne siempre se había quejado de que su hija estaba malcriada y era muy maniática.

—Claro que sí —la tranquilizó John—, solo que cuando entres, no olvides ponerte los chanclos de goma.

—Oh, Dios mío —dijo ella y Pascale trató de no soltar una carcajada—. ¿No sería mejor que fuéramos a un hotel? ¿De verdad podemos quedarnos aquí?

Imaginaba que no se podría usar la instalación de agua para nada y habría preferido irse a un hotel.

—Llevamos dos días aquí —dijo Diana con buen sentido— y hasta ahora hemos sobrevivido sin problemas. Ven, te enseñaré tu habitación.

Pero, cuando lo hizo, Mandy solo se sintió ligeramente tranquilizada. Las tuberías gorgoteaban, se oía gotear agua y notó un olor húmedo y mohoso en la habitación. Era una de esas personas que nunca se sienten cómodas del todo o a sus anchas, cuando salen de su propia casa.

—Te abriré las ventanas —dijo Diana, tratando de ayudar, pero cuando intentó hacerlo, una de ellas se soltó y cayó al jardín—. Haré que el jardinero venga y la vuelva a poner en su sitio —dijo, sonriendo ante la expresión horrorizada de Mandy.

Cinco minutos después Mandy acudía a su padre y le preguntaba si creía que la casa era segura. Además, tenía fobia a las arañas y los bichos y la casa contaba con más de los que le correspondían.

—De verdad, me parece que no tendríamos que quedarnos aquí —le dijo, cautelosa.

Luego propuso que fueran a ver el hotel Byblos, el mejor hotel de Saint-Tropez. Uno de sus amigos se había alojado allí el año anterior.

—Estaremos bien aquí —le contestó él, tranquilizándola—, lo pasaremos bien. Es mucho más divertido quedarnos aquí, con nuestros amigos. No es necesario ir a un hotel.

Eric ya le había dicho que el velero estaba en buenas condiciones y se moría de ganas de salir a navegar.

—Quizá tendría que irme a Venecia antes —dijo, todavía preocupada. Iba a reunirse con unos amigos allí.

—Haz lo que tú quieras —dijo él con calma.

Anne siempre había sabido manejarla mejor que él. Él se impacientaba cuando ella se ponía nerviosa o se inquietaba y era evidente que prefería lo lujoso a lo «rústico». Pero a su edad, no creía que unos cuantos días en una casa decrépita fueran a hacerle daño, con bichos o sin ellos. Y resultaba que a él le gustaba. Era cómoda y, aunque todo estaba un poco raído, creía que tenía encanto y ya le había dicho a Pascale que le gustaba, lo cual la complació, porque se sentía muy culpable, porque era mucho menos impresionante de lo que les había prometido. Sin embargo, todos se habían adaptado bastante bien.

La primera crisis, de poca importancia, surgió al final de la tarde, cuando Mandy fue a tumbarse en la cama para leer un rato. Acababa de ponerse cómoda cuando la cama se hundió, con ella encima. Dos de las patas estaban rotas y la habían apuntalado cuidadosamente para ocultarlas, pero, en cuanto Mandy se movió, varió el delicado equilibrio y terminó en el suelo. Soltó un gritito y Pascale entró para ver qué le pasaba, echándose a reír al verla derrumbada en el suelo.

—Oh, cielos, llamaré a Marius para que la arregle.

Pero cuando apareció para tratar de repararla, vieron que la habían encolado tantas veces que, esta vez, no había modo de conseguir que se sostuviera. Mandy tuvo que resignarse a dormir encima del colchón, en el suelo, lo cual facilitaba el acceso de arañas y bichos. Lo aceptó con buen talante, pero Pascale vio que no estaba contenta y sospechó que no tardaría mucho en marcharse a Venecia.

Con su caja de herramientas en la mano, Marius salió de la habitación, sumido en un sopor etílico, y Pascale le dio las gracias.

—Es un buen tipo —dijo John más tarde, riéndose— y su mujer es una auténtica perla. Te encantarán sus conjuntos —prometió.

Cuando Agathe reapareció al final de la tarde, llevaba una blusa blanca de encaje a través de la cual se transparentaban los sostenes negros, y unos pantalones cortos, tan cortos que apenas le cubrían el trasero. Mandy no pudo evitar echarse a reír, aunque su padre parecía algo escandalizado.

—Yo la encuentro muy mona —dijo John, con aire divertido, y Robert sonrió a su pesar—. Espera hasta que veas su numerito del leopardo o los pantalones de ciclista rosa brillante.

Robert soltó una risa mientras Mandy desaparecía. Aquella tarde, lo había pasado muy bien en el velero y le divertía el decrépito estado de la casa. Para él, era como una aventura y estaba convencido de que a Anne también le habría encantado y habría visto el lado gracioso de la situación. Siempre había sido más aventurera que su hija y no le daban miedo los bichos. Mandy era una chica de ciudad.

Pascale estaba preparando la cena y cuando abrió el horno para ver cómo estaban los pollos que estaba haciendo, la puerta se salió de los goznes y aterrizó en el suelo, justo al lado de sus pies. Pero Eric se las arregló para repararla. Con alambre de empacar, ideó un ingenioso sistema para sujetarla y los demás aplaudieron su habilidad. Sin embargo, más tarde, Mandy volvió a mencionarle el Byblos a su padre, con una mirada esperanzada. Estaba claro que no disfrutaba del encanto rústico de la casa tanto como su padre y los amigos de este.

—Me gusta esto —dijo Robert, con sencillez— y a los demás también.

No obstante, había que reconocer que, para ella, no resultaba tan divertido. No había nadie de su edad para salir y Mandy estaba empezando a pensar que había cometido un error al ir. Pero no quería herir los sentimientos de nadie marchándose antes de lo planeado.

—Mira cariño, esto no es muy divertido para ti. La casa no es tan confortable como yo pensaba.

Incluso el velero no le proporcionaba mucha distracción. Aunque sus hermanos eran marineros entusiastas, Mandy siempre había detestado navegar. Lo que le gustaba era el esquí acuático, ir a bailar por la noche y estar con gente de su edad.

—Me gusta estar aquí contigo, papá —dijo sinceramente.

Siempre le habían gustado los amigos de sus padres, pero también se sentía sola porque su madre no podía verla allí, con todos, aunque sentía afecto por Diana y Pascale.

—¿Quieres marcharte antes a Venecia? No me lo tomaré a mal si lo haces.

Era feliz con los Donnally y los Morrison, pero Mandy se sentía culpable por abandonarlo.

—Claro que no. Me encanta esto.

Ambos sabían que eso estaba lejos de ser verdad.

—Creo que tendrías que intentar reunirte antes con tus amigos —dijo Robert y la animó a ir de compras a Saint-Tropez por la tarde.

Así lo hizo y se tropezó con un amigo que se alojaba allí cerca, en Ramatuelle. Era un joven muy agradable y, por la noche, fue a buscarla para ir a cenar.

Los demás iban a ir a Le Chabichou, un restaurante que Agathe les había aconsejado. Salieron en dos coches, de muy buen humor, salvo Eric y Diana que fueron en coches separados. Eric parecía alicaído y Diana estaba mucho más callada que de costumbre. Pero a todos les gustó el restaurante y más incluso cuando probaron la comida. Era soberbia.

A las once seguían allí, saciados y felices, después de haberse bebido tres botellas de vino entre los cinco. Incluso el humor de Eric y Diana había mejorado, aunque no estaban sentados juntos y no se habían hablado en toda la noche. Pascale estaba charlando con Robert cuando este mencionó de nuevo que la persona de la que les había hablado llegaría el lunes. Se suponía que Mandy se habría ido para el fin de semana, si no antes.

—¿Es alguien que conocemos? —preguntó Pascale, como sin darle importancia, muerta de curiosidad, pero sin querer que sonara como si estuviera husmeando en sus asuntos.

—No lo creo. Es alguien que conocí hace dos meses, una noche que salí con Mandy.

Pascale aguzó el oído, preguntándose si sería aquella ignominiosa actriz. Por lo menos, ella la suponía ignominiosa y Diana estaba de acuerdo con ella.

—Seguro que has oído hablar de ella —continuó Robert—, es una mujer muy agradable. Está pasando esta semana con unos amigos en Antibes y pensé que sería divertido que todos vosotros la conocierais.

—¿Es alguien —preguntó Pascale esforzándose por encontrar las palabras justas, desgarrada entre la curiosidad y los buenos modales— en quien estás interesado, Robert?

—Solo somos amigos —dijo él con sencillez y entonces se dio cuenta de que todos estaban escuchando y pareció un poco violento—. Es actriz. Gwen Thomas. Ganó un Oscar el año pasado.

En cuanto lo dijo, Diana, desde el otro lado de la mesa, le lanzó una mirada de franca desaprobación. Esos días estaba más crítica respecto a todo.

—¿Por qué querría venir aquí? —preguntó sin rodeos—. No somos muy interesantes y la casa es un desastre. ¿De verdad quieres que venga?

Todos rogaban por que no fuera así; no querían una extraña entre ellos, en especial alguien que era más que probable que fuera difícil y caprichosa. Las dos mujeres estaban seguras de que «la actriz», como la llamaban entre ellas, estaba tratando de aprovecharse de Robert de alguna manera. Él les era muy querido y, después de tantos años protegido dentro de su matrimonio, daban por sentado que era un ingenuo.

—Es una persona muy agradable. Creo que os gustará a todos —dijo Robert, con calma.

Los hombres asintieron, curiosos por conocerla, y las mujeres torcieron el gesto.

—Esto no es exactamente Rodeo Drive —insistió Diana, tratando de desanimarlo.

Sin embargo, él no pareció impresionado ni por su falta de entusiasmo por conocer a Gwen ni por la de Pascale. John y Eric estaban secretamente interesados, pero no se lo hubieran confesado a sus mujeres.

Pascale no podía pensar en nada peor que tener que agasajar a una *prima dona* caprichosa. Estaba segura de que Gwen Thomas sería una pesadilla; era lo bastante famosa para que fuera así. Les arruinaría las vacaciones. Y posiblemente, la vida de Robert.

—¿Cuántos días se quedará?

—Unos días, máximo una semana. Depende de cuándo tenga que volver a Los Ángeles. Tiene que empezar a ensayar para una película y quería descansar primero. Pensé que aquí lo pasaría bien. —Lo dijo de un modo paternal, protector—. Creo que a Anne le habría gustado. Comparten muchas opiniones y actitudes. A Gwen le gustan los mismos libros, la misma música y las mismas obras de teatro.

Pascale miró a John preocupada y Diana incluso le lanzó una mirada a Eric. Ninguna de las dos creía ni por un momento que Robert y Gwen fueran solo «amigos». Estaban seguras de que la actriz estaba decidida a cazarlo y que él era un inocente, listo para el sacrificio. A las dos les resultaba inconcebible pensar que los motivos de la actriz pudieran ser nobles.

Como se había hecho el silencio entre ellos, Eric pidió la cuenta y cada uno pagó su parte, mientras John escudriñaba la factura, decidido a encontrar un error. Siempre daba por sentado que los restaurantes querían estafarlo, por lo cual Pascale detestaba salir a cenar con él. Para cuando acababa de desmenuzar la cuenta y volver a calcularlo todo, le había estropeado la noche a Pascale. Pero en esos momentos estaba tan nerviosa por la inminente llegada de la «amiga» de Robert que no le prestó ninguna atención. Apenas podía esperar el momento de hablar de todo aquello con Diana al día siguiente y pensaba que llevar a Gwen allí era un atrevimiento por parte de Robert. Parecía demasiado pronto, después de la muerte de Anne, para empezar a salir con nadie. Tanto la persona como la visita le parecían mal en todos los sentidos.

—¿Nos vamos? —preguntó Robert en tono afable.

Volvieron a los coches y regresaron a la casa. Pascale y Diana iban con John y hablaron animadamente de sus planes para «salvar» a Robert de la diablesa Gwen.

—¿Por qué no le dais una oportunidad y esperáis hasta ver cómo actúa? —dijo John con sensatez, haciendo que las dos mujeres se pusieran furiosas. Se preguntó si no estarían algo celosas de Gwen, aunque no se hubiera atrevido ni a insinuarlo.

Lo único que dijeron era que estaban preocupadas por Robert y que tenían que protegerlo de alguien que, según ellas, no era digna de él. Se lo debían a Anne.

Al llegar a la casa se desearon buenas noches. Mandy ya había vuelto y estaba acostada. Pero Pascale, echada en la cama, no dejaba de pensar en la pesadilla que se les venía encima y se volvió hacia John con aire preocupado.

—¿Y qué pasará con los *paparazzi*? —preguntó ansiosamente.

—¿Qué pasará? —dijo él sin comprender.

No tenía ni idea de qué le hablaba. Parecía que la imaginación de su esposa se hubiera desbocado.

—No nos dejarán en paz, si esa mujer viene aquí. No volveremos a tener ni un segundo de paz durante el resto de las vacaciones.

Era una idea válida y algo en lo que ninguno de ellos había pensado.

—No creo que haya mucho que podamos hacer en ese sentido. Estoy seguro de que ella está acostumbrada y que sabrá cómo manejar la situación —dijo y no sonaba preocupado—. Debo admitir que estoy sorprendido de que la haya invitado a venir, especialmente con Diana y tú arremetiendo contra él —dijo, con aspecto divertido.

—No estábamos arremetiendo contra él —dijo Pascale, soltando chispas y con un aire muy francés—. Nos preocupamos por él. Es probable que no se quede más de un día, cuando vea la casa —dijo Pascale, esperanzada—. Puede que se marche, cuando se dé cuenta de que sabemos qué pretende. Robert puede ser un inocente, pero los demás no lo somos.

John se echó a reír al oírla.

—Pobre Robert. Si supiera la que le espera cuando ella llegue… Supongo que nunca nos acostumbraremos a la idea de que haya otra persona en su vida —dijo John, reflexivamente—. Cualquiera que no sea Anne nos parece una intromisión enorme. Pero él tiene derecho a hacer lo que quiera. Es un hombre adulto y necesita compañía femenina. No puede quedarse solo para siempre. Mira, Pascale, si le gusta esta chica, ¿por qué no? Es guapa, es joven. Él disfruta de su compañía. Podría ser peor.

En realidad, a él le parecía estupendo, más de lo que hubiera reconocido ante Pascale.

—¿Estás loco? ¿Qué has bebido? ¿No sabes qué es? Es una actriz, una zorra, y tenemos que salvarlo de ella.

Era un punto de vista muy radical, por decirlo suavemente. Pascale sonaba como si fuera Juana de Arco iniciando una cruzada.

—Ya sé lo que piensas, pero me preguntaba si tenemos derecho a inmiscuirnos. Es posible que él sepa lo que hace. Y es posible que solo sean amigos y, si es más que eso, es posible que esté enamorado de ella. Pobre Robert. Lo compadezco.

Pero ¿hasta qué punto era posible compadecerlo? Una de las máximas estrellas de Hollywood venía a visitarlo. Aunque solo fuera por eso, no cabía duda que era mucho más emocionante de lo que había sido su vida con Anne.

—Yo también lo siento por él. Es un inocente. Y esa es, justamente, la razón por la que tenemos que protegerlo. Además, Mandy se horrorizaría si lo supiera.

—No creo que tengas que decírselo —dijo John, muy en serio—. Lo que Robert le diga a su hija sobre esa mujer es asunto suyo.

—De cualquier modo, acabará por descubrirlo —dijo Pascale en tono agorero—. Que se divierta un poco después de toda la tristeza que ha sufrido por la pérdida de Anne. Además, es probable que solo se trate de eso, de pasar un buen rato. Más adelante, ya encontraremos alguien adecuado para él —concluyó tajante.

—Bueno, no es que lo esté haciendo mal, él solito —le recordó John—. Diablos, es un monumento y una de las actrices más famosas del país.

—Precisamente —dijo Pascale, como si él hubiera probado que ella tenía razón—. Y esa es la razón por la que debemos protegerlo. No puede ser una buena persona, de ninguna manera, teniendo todo eso en cuenta —dijo Pascale enfáticamente.

—Pobre Robert —repitió John con una sonrisa.

Mientras se iba quedando dormido, acurrucado contra Pascale, John sabía que tenía que compadecerlo, pero, pese a los alarmantes augurios de Pascale, seguía pensando que no estaba nada mal.

8

El resto de la semana fue pasando lentamente. Cenaban en casa o salían a cenar fuera, descansaban y tomaban el sol, nadaban y navegaban. Mandy se marchó el sábado, solo un día antes de lo planeado. Pese a todo, ella y su padre lo pasaron muy bien juntos. Él le había dicho, sin entrar en detalles, que iba a venir alguien a visitarlo a la semana siguiente y ella se alegró de que estuviera rodeado de amigos. Tenía intención de preguntarle quién era, pero con el jaleo de los preparativos para la marcha, se le olvidó. Dio por sentado que sería algún compañero de la judicatura y no se le ocurrió que pudiera ser una mujer y no un hombre.

El domingo por la noche, mientras Pascale y Diana preparaban la cena, había un ambiente de expectación por la llegada de Gwen al día siguiente. Robert no había dicho mucho más sobre ella, pero cuando la mencionaba, era evidente que tenía muchas ganas de verla. Pascale y Diana, y también hasta cierto punto John y Eric, seguían sintiendo curiosidad y desconfianza hacia ella. Pese a todas sus ideas preconcebidas, no estaban seguros de qué esperar.

Robert les parecía un niñito perdido en medio del bosque. No había tenido una cita en muchos años y, menos aún, con alguien como aquella mujer. Su mundo le era totalmente desconocido. Era famosa y sofisticada y llevaba una vida que desaprobaban, por principio. Como decía Pascale, no era «respetable», estaba divorciada y no tenía hijos, lo cual era señal, según ellas, de cierto egoísmo y egocentrismo. Era evidente que estaba totalmente dedicada a sí misma y a su carrera. Pascale no había podido tener hijos. Estaban seguras de que Gwen detestaba a los niños. Encontraban mil y una razones para odiarla, incluso antes de ponerle los ojos encima.

Gwen llamó el lunes por la mañana para decirle a Robert que llegaría en coche a la hora de almorzar. Estaban seguras de que aparecería en una limusina, probablemente con un chófer vestido de librea o algo igualmente absurdo. Habían hecho que Marius le arreglara la cama, en el dormitorio donde había dormido Mandy, pero no les hubiera importado que se rompiera otra vez. Eran como niñas en un campamento o en el internado, dispuestas a torturar a la nueva alumna.

Robert se duchó y vistió antes de que ella llegara, sin darse cuenta de nada. Vestía pantalones cortos blancos, camisa deportiva también blanca y sandalias marrones y tenía un aspecto muy atractivo. Era un hombre apuesto y con el bronceado tenía mejor aspecto que nunca; parecía más joven y sano que en muchos meses o incluso años.

Gwen había dicho que no la esperaran para almorzar; Robert dijo que él tampoco almorzaría y que la llevaría a comer a un *bistrot* en Saint-Tropez, si tenía hambre. Le parecía más cortés por su parte que desatenderla y almorzar con los demás. Pero les instó a que comieran sin él. Se mostraba tan tranquilo y amable como siempre, sin tener ni idea de lo resentidos que estaban con Gwen. De haber sospechado lo que la esperaba, nunca le hubiera pedido que fuera.

Pascale estaba preparando el almuerzo cuando oyó que llegaba un coche y miró por la ventana de la cocina, pero lo único que vio fue un diminuto Deux Chevaux y, a continuación, una bonita pelirroja que salía de él vestida con una minifalda vaquera, camiseta blanca y sandalias también blancas. Parecía muy corriente, pero, al mismo tiempo, lozana, sana y limpia. Llevaba el pelo recogido en una trenza y, por un momento, Pascale pensó que se parecía un poco a Mandy, solo que más bonita. Al principio, se preguntó quién sería y luego comprendió, con sobresalto, que era Gwen. No había ninguna limusina a la vista, ni chófer ni *paparazzi*. Gwen miró a su alrededor, mientras cogía una gran bolsa de paja y una única maleta pequeña.

Casi sin querer, Pascale le pidió a Marius que fuera a ayudarla. Mientras miraba cómo se dirigía hacia ella, vio que Robert salía de la casa. Debía de haber estado vigilando su llegada desde una ventana del piso de arriba, como un chaval que espera que llegue una amiga.

En cuanto vio a Robert, a Gwen se le iluminó la cara e incluso Pascale tuvo que admitir que tenía una sonrisa deslumbradora, una piel maravillosa y unas piernas espectaculares con la minifalta y las sandalias. Tenía un tipo extraordinario y parecía feliz y relajada con Robert mientras se encaminaban, lentamente, hacia la cocina. Al cabo de un momento, Pascale la tenía frente a ella y Robert se la presentaba, sonriendo orgulloso.

—Encantada de conocerte —mintió Pascale—. Hemos oído hablar mucho de ti.

—Yo también he oído hablar mucho de vosotros —dijo Gwen con simpatía—. Tú debes de ser Pascale. ¿Qué tal la casa?

Le estrechó la mano y no pareció darse cuenta de lo fría que era la recepción que le ofrecían. Era de trato fácil, nada afectada y, sorprendentemente, nada pretenciosa. Se había ofrecido para llevar su maleta arriba ella misma, pero Robert le había pedido a Marius que la llevara él. Entonces Gwen se ofreció para ayudar a Pascale y se dirigió directamente al fregadero. Se lavó las manos y pareció dar por sentado que iba a trabajar con Pascale.

—Yo... no... esto... está bien. No hace falta que me ayudes.

Así que Gwen se quedó allí, con Pascale y Robert. Él le estaba contando, animadamente, todo el trabajo que Pascale había hecho en la casa y lo confortable que la había dejado para todos ellos.

—Tendrían que pagarnos por estar aquí —dijo Robert con admiración, justo cuando John entraba en la cocina.

—Secundo esa moción —dijo John, mirando a la mujer y preguntándose quién podía ser y pensando para sí que, quienquiera que fuese, era increíblemente guapa.

Entonces vio la cara de su mujer y comprendió con quién estaba hablando. Al principio, no la había reconocido y lo que más le sorprendió fue que no esperaba que tuviera un aspecto tan humano, tan encantador, tan joven.

Ciertamente, no representaba los cuarenta y un años que tenía, pero Pascale se preguntaba si eso sería natural o si se habría «hecho algo». Llevaba muy poco maquillaje y parecía asombrosamente natural en todos los sentidos. Actuaba con sencillez, sin pretensiones, con una amabilidad y calidez naturales y su aspecto físico era fabuloso. Al mirarla atentamente, a John le resultó imposible ver en ella a la diablesa que su mujer le había descrito y hasta la propia Pascale parecía sorprendida e incómoda ante el evidente encanto de Gwen.

Diez minutos después, el almuerzo estaba en la mesa y aparecieron los Morrison, que se detuvieron en seco en cuanto vieron a la amiga de Robert. No se parecía en absoluto a lo que habían imaginado. Era mucho más bella y natural y, cuando habló con ellos, les pareció genuinamente cálida. Pero incluso así, Diana se dijo que era una actriz y que podía engañar a cualquiera.

Sin percibir ninguna de las malévolas ideas que tenían sobre ella, Gwen se sentó a la mesa con ellos, después de llevar varias bandejas desde la cocina. Se había incorporado al grupo directamente, ayudando a Pascale sin vacilaciones ni reservas. Robert le había ofrecido llevarla a almorzar a un restaurante, pero ella dijo que prefería quedarse con sus amigos. Dijo que Robert hablaba tanto de ellos que estaba muy contenta de conocerlos por fin. Al oír esto, Pascale y Diana cruzaron una mirada cómplice. Seguían convencidas de que, debajo de aquel exterior tan atractivo, se escondía una bruja.

Cuando se sentaron a almorzar, Robert le preguntó a Gwen qué tal le había ido en Antibes. Parecía estar muy cómodo con ella. Ella le contestó que lo había pasado bien, que había leído mucho y tomado mucho el sol. Comentó que estaba agotada cuando llegó.

—¿Qué has leído? —preguntó, interesado, mientras los demás la observaban, fascinados y algo incómodos.

Había algo irreal en estar allí sentados, charlando con ella, después de haberla visto en la pantalla tantas veces. Gwen le dijo a Robert, contestando a su pregunta, que había leído una serie de novelas nuevas y muy buenas y le dio los títulos. Eran los mismos libros que Pascale y Diana acababan de leer.

—Siempre confío en sacar una película de las cosas que leo, pero no es fácil encontrar nada nuevo de calidad. La mayoría de los guiones son muy sosos y aburridos —dijo a modo de explicación.

Dijo que hacía poco que había trabajado en una película basada en una novela de Grisham y que le había encantado. Ni Pascale ni Diana querían reconocer que estaban impresionadas, pero la verdad es que sí lo estaban.

Robert había leído dos de los cuatro libros que ella acababa de mencionar y estuvo de acuerdo con ella. Le habían gustado. Hablaron animadamente de eso y de muchas otras cosas, hasta que Pascale sirvió el café. Eric y John ya habían entrado en la conversación, pero las dos mujeres se resistían. No querían que las sedujera, aunque estaba claro que los hombres estaban cayendo rápidamente bajo el influjo de su encanto. Era fácil ver por qué a Robert le gustaba estar con ella. Era natural, inteligente, tenía sentido del humor y era fácil estar con ella. Mucho más fácil en ese momento que con Diana y Pascale. Era Gwen quien charlaba de esto y de aquello con todos, preguntándoles qué habían hecho durante las vacaciones y llevando todo el peso de la conversación, aunque ni Pascale ni Diana se lo ponían fácil. Le contestaban con monosílabos y, en ocasiones, ni siquiera le contestaban, aunque ella no parecía enterarse ni que le importara.

Cuando estaban a punto de acabar el almuerzo, Agathe entró en la sala, aportando una nota cómica que relajó la tensión general. Totalmente ajena al efecto que causaba, pasó canturreando en voz baja, con una pila de toallas en los brazos y uno de los caniches haciendo cabriolas detrás de ella. Salió casi tan rápidamente como había entrado. Gwen se quedó con la mirada fija en ella, mientras el generoso trasero de Agathe se alejaba, balanceándose al ritmo de la música. Llevaba unos shorts con un estampado de piel de leopardo, unos sostenes con brillantitos y sus zapatos favoritos, de satén rojo y tacón alto.

—¿Qué ha sido eso? —le preguntó Gwen a Robert en un susurro, después de que Agathe hubiera desaparecido—. Parece Liberace vestido de reinona.*

Y a pesar de que no querían hacerlo, todos se echaron a reír.

—*Eso* es Agathe —respondió Robert con una sonrisa, divertido por la acertada descripción que Gwen había hecho. Una de las cosas que le gustaban de ella era que le hacía reír mucho más de lo que había reído en largo tiempo—. Es el ama de llaves —añadió alegremente—. Por lo general, lleva un uniforme negro y un delantal de encaje, pero hoy se ha vestido especialmente para ti —dijo bromeando.

Sus amigos observaron la expresión de su cara. Parecía estar muy a sus anchas con ella. Él, que casi siempre era tan serio, a veces incluso melancólico, en esos momentos parecía más despreocupado de lo que nunca lo habían visto. Pascale pensó que se estaba poniendo en ridículo, mientras Diana se preguntaba si el color del pelo de Gwen era natural. Tenía un llamativo tono rojizo, pero podía ser natural y, en realidad, así era. Era una pelirroja natural, la más rara de las aves de Hollywood, con unos enormes ojos castaños y una piel perfecta y sin pecas. Había mucho por lo que odiarla, si te sentías inclinada a hacerlo.

—¿De verdad sabe limpiar? —siguió preguntando Gwen.

Robert cabeceó sonriendo. La encontraba enormemente divertida y se sentía de un asombroso buen humor. Lo había estado durante todas las vacaciones y Pascale no podía menos de preguntarse si era porque esperaba la

* Liberace (1919-1987): famoso pianista estadounidense de gran talento y muy extravagante. (*N. del E.*)

visita de Gwen. No había duda de que no parecía tan desconsolado como unos meses antes, pero John ya había dicho que no era justo que midieran el dolor de Robert por sus esfuerzos por ser agradable y no cargarles a ellos su dolor.

—Pascale dice que trabaja mucho —dijo Robert hablando de su criada, de los atuendos inusuales y la manada de perros que nunca dejaban de ladrar—. Ya conoces a su marido. Bebe un poco, pero es bastante agradable. Venían incluidos con la casa —dijo, a modo de explicación, y Gwen se echó a reír.

—¿Qué planes tiene todo el mundo para esta tarde? —preguntó Diana, mirándolos con intención.

Ya había decidido que si decían que iban a dormir la «siesta», iba a quedarse de pie en el pasillo, entre sus habitaciones, haciendo cualquier cosa. Estaba dispuesta a hacer todo lo que hiciera falta a fin de proteger la virtud de Robert y, en su opinión, lo mínimo era ponerles las cosas difíciles. Sentía que se lo debía a Anne.

—No me importaría ir a Saint-Tropez un rato, si no os parece mal, a hacer unas cuantas compras.

Gwen le había dicho a Robert en una conversación anterior que le encantaba ir de tiendas y que pocas veces tenía ocasión de hacerlo.

—Te acompaño —dijo él rápidamente y los otros se quedaron mirándolo con los ojos como platos.

Era un secreto a voces que odiaba ir de compras. Igual que Anne. De repente, se había convertido en un hombre diferente.

—¿Te gusta navegar? —preguntó Pascale, esperando ponerla en evidencia.

—Adoro navegar —dijo Gwen tranquilamente y luego se volvió hacia Robert—. ¿Preferirías ir a navegar? —Al decirlo, lo miraba con delicadeza.

—Podemos hacer las dos cosas —dijo él, con buen sentido—. ¿Por qué no vamos primero a Saint-Tropez?

—Iré a buscar el bolso —dijo Gwen y se dirigió a su habitación.

Robert sonrió a sus amigos. No tenía ni idea de los celos que hervían, ocultos, en el corazón de Pascale y Diana. Las dos mujeres se estaban comportando como si fueran sus propias y malvadas hermanas gemelas.

—Es una mujer agradable, ¿verdad? —dijo, feliz de compartirla con ellos.

—Sí —dijo Pascale, con los dientes apretados.

Su marido la fulminó con la mirada. Pensaba que ella y Diana habían ido demasiado lejos y que Robert y Gwen estaban siendo muy comprensivos. Y, si se lo hubieran preguntado, Eric hubiera dicho lo mismo. Por suerte, Robert no parecía darse cuenta de lo sutilmente hostiles que se habían mostrado sus dos amigas. Admiraba tanto a Gwen que le resultaba difícil imaginar que alguien pudiera sentirse menos deslumbrado que él. Sin embargo, y sin él saberlo, dos de sus mejores amigas estaban decididas a resistirse. La veían como una sirena seductora y una amenaza que había que ahuyentar a toda costa. No importaba lo que hubiera que hacer. Era por el bien de Robert, por supuesto.

Robert salió de la casa con Gwen, después de despedirse de todos y, unos minutos después, oían cómo se alejaba el Deux Chevaux. Entonces, los dos hombres miraron a sus esposas con desaprobación.

—¿Qué os parece si vosotras dos os relajáis un poco cuando vuelvan? Gwen parece una persona agradable y es la invitada de Robert —les dijo Eric a Pascale y a su mujer y John asintió; era evidente que estaba de acuerdo con él.

—Enseguida se ha dado cuenta de qué pie cojeas, ¿no es así? —dijo Diana con amargura, aludiendo a sus recientes correrías—. No sabía que las pelirrojas fueran tu tipo. Pero bien mirado, supongo que hay muchas cosas tuyas de las que no estoy enterada.

Era un golpe bajo y a Eric no pareció gustarle, pero se mantuvo firme.

—No es de eso de lo que estamos hablando. Si yo fuera Gwen, no me molestaría en deshacer las maletas; me iría directamente al hotel más cercano, en lugar de aguantarnos tantas impertinencias. No tiene necesidad de estar aquí; es Robert quien quiere que esté. Lo está haciendo por él. Es evidente que le importa y no tiene la culpa de que él tenga cuatro amigos que le tuvieran cariño a Anne y que no pueden soportarlo. Es Robert quien decide a quién quiere en su vida y no es asunto nuestro fastidiárselo.

Lo que estaba diciendo tenía sentido, tanto si querían admitirlo como si no.

—Es actriz —dijo Pascale, furiosa—. Puede convencer a cualquiera de cualquier cosa, a ti, a John, a Robert… se dedica a eso. Él ni siquiera sabe quién es ella.

—Puede que lo sepa mejor que nosotros, Pascale. No es estúpido. Es un hombre adulto y es inteligente. Ella es una mujer muy guapa y, si está dispuesta a soportarnos, es que es muy comprensiva. En su lugar, yo no lo haría. Yo nos hubiera enviado, a todos nosotros, a la mierda y me hubiera largado a mitad del almuerzo. Vosotras dos apenas habéis dicho una palabra. Estoy seguro de que hay un montón de gente que haría lo que fuera por estar en su compañía y poder ser amable con ella. No tiene ninguna necesidad de que le pongamos las cosas difíciles. ¿Por qué no nos portamos un poco mejor cuando vuelvan de la ciudad?

Se esforzaba por convencerlas. Nunca había visto a ninguna de las dos actuar de aquella manera. John lo apoyó.

—Eric tiene razón. Si se lo hacemos pasar mal a ella, estaremos hiriendo a Robert más que a ella misma. ¿Por qué no le dejamos que decida por sí mismo?

Además, aunque no quería reconocerlo abiertamente ante Pascale, le gustaba Gwen, mucho más de lo que había esperado. Y le gustaba la forma en que trataba a su amigo, con amabilidad y respeto, humor y cortesía. Había algo increíblemente decente y sensible en ella y John se sentía tan incómodo como Eric por la forma en que su mujer se había comportado.

—¿Qué os pasa a los dos? —exclamó Diana de nuevo—. Solo porque tiene unas piernas bonitas y lleva minifalda, los dos os habéis enamorado de ella de repente. Tiene veintidós años menos que Robert y él se está poniendo en ridículo. ¿Cuánto tiempo creéis que durará? Aparecerá algún actor joven y apuesto y ella dejará plantado a Robert y, si él se enamora de ella, se le partirá el corazón.

—Puede que ya esté enamorado y puede que ella también lo esté de él. ¿Por qué no lo dejamos en paz? ¿Qué hay de malo, incluso si no dura mucho, si él lo pasa bien el tiempo que dure? Puede ser una estupenda historia para contarle a sus nietos un día, lo de la relación que tuvo con una actriz joven y guapa un verano. Cosas peores pasan, mucho peores —dijo Eric, mirando a su esposa—. No es un hombre casado, por todos los santos. No le debe ninguna explicación a nadie y mucho menos a nosotros. ¿Qué derecho tenemos a impedirle que haga lo que quiera?

—¿Es que todos los hombres pensáis solo con una parte de vuestra anatomía? —preguntó Diana, en una clara indirecta dirigida a su marido—. Si ya lo entiendo. Es guapa. Lo admito. Pero ninguno de nosotros sabe quién demonios es y apuesto a que Robert tampoco lo sabe.

Lo único que quiero es que no haga nada estúpido ni que acabe herido ni que una muñeca tonta de Hollywood se aproveche de él.

—¿Y cómo? —dijo Eric insistiendo—. ¿Qué va a sacar ella de él? Probablemente, gana más dinero que todos nosotros juntos. Acostarse con él no va a llevarla a ningún sitio. Él no puede darle un papel en una película. Ni siquiera puede eliminar sus multas de aparcamiento, por todos los santos. Si no fuera por él, probablemente ahora estaría en un hotel de cuatro estrellas y no durmiendo en una cama que lo más probable es que se desplome en mitad de la noche, con un baño donde no puedes tirar de la cadena, una criada que le echará el humo a la cara y cuatro personas que le hacen la vida imposible, bajo pretexto de defender a un hombre que, en cualquier caso, quiere estar con ella y que quizá debería hacerlo. Decidme, ¿qué creéis que saca ella, exactamente, de todo esto?

Lo que decía tenía sentido, aunque ninguna de las dos mujeres estaba dispuesta a admitirlo, pero tenía razón y John asintió con la cabeza.

—¿Y si se casa con ella? —preguntó Pascale, furiosa—. ¿Entonces, qué?

—¿Por qué no nos preocupamos de eso cuando llegue el momento? —intervino John.

De repente, Eric soltó una carcajada.

—Me acuerdo de la primera vez que cenamos contigo, Pascale. Apenas hablabas inglés, llegaste una hora tarde, llevabas un vestido de satén negro, tan ajustado que no podías ni respirar, y eras una bailarina de ballet, lo cual no es, después de todo, tan diferente de ser una actriz, por lo menos, a ojos de algunas personas. Anne y Diana también desconfiaban de ti. Pero lo superaron; se enamoraron de ti… Todo el mundo te dio una oportunidad. ¿Por qué no podéis hacer lo mismo con ella?

Se hizo el silencio en la sala. Eric miraba a Pascale, hasta que, finalmente, esta apartó la mirada, meneando la cabeza con un gesto negativo. Pero él se había apuntado un tanto y ella lo sabía. Cuando John se enamoró de ella, era una bailarina de ballet, asustada, nerviosa y famélica, y podrían haberla acusado de las mismas cosas que a Gwen. Lo que lo complicaba todo ahora era lo mucho que todos habían querido a Anne. Pero Anne estaba muerta. Y Gwen era la mujer con la que Robert quería estar. Había confiado en ellos, en cierto sentido, al traerla allí y estaban traicionando su confianza siendo poco amables con ella. Pascale entendía el punto de vista de Eric, aunque no estaba dispuesta a admitirlo abiertamente.

Diana, mientras ponía los platos del almuerzo en el fregadero, no admitía nada. Seguía estando tan furiosa con Eric que no quería escuchar nada que él dijera. Para ella, Gwen era solo otra cara bonita con un par de buenas piernas, y él le iba detrás. El hecho de que John estuviera de acuerdo con él, no le importaba lo más mínimo. Estaba tan furiosa con todo el mundo que Gwen solo era otro pretexto para liberar la angustia que sentía.

Los hombres salieron al jardín a fumar sus cigarros y Pascale se quedó en la cocina, ayudando a Diana. Después de un largo silencio, la miró con una expresión inquisitiva.

—¿Qué opinas? —le preguntó con un gesto preocupado.

—Es demasiado pronto para saber cómo es en realidad —respondió Diana con tozudez.

Pascale se mostró de acuerdo, aunque en lo más profundo de su corazón, ya no estaba tan convencida. Eric había presentado unos sólidos argumentos.

En el coche, de camino a Saint-Tropez, Gwen le preguntaba a Robert sobre sus amigos.

—¿Estás seguro de que a tus amigos no les importa mi intromisión, Robert? Me siento como una intrusa que entra sin llamar. Estáis acostumbrados a estar todos juntos, después de tantos años y, de repente, aparezco yo, en carne y hueso. No es fácil adaptarse.

Había notado su incomodidad durante el almuerzo, más que él, en realidad. Él se decía simplemente que se sentían cohibidos por ser ella quién era y eso fue lo que le dijo. Gwen sonrió. Sabía, igual que Diana y Pascale, que era ingenuo, un rasgo suyo que le encantaba. Se las arreglaba para ver solo el lado bueno y simplificar las cosas.

—Me parece que es más difícil para ellos de lo que crees. Verte con otra persona es un cambio enorme para todos.

—También lo es para mí —dijo, poniéndose serio por un momento y pensando en Anne. Pero no quería dejarse llevar de nuevo por la tristeza. Por muy desconsolado que estuviera, y lo había estado, eso no la devolvería a la vida—. Pero todos tenemos que adaptarnos. —La miró comprensivo—. No quiero que te resulte difícil a ti. ¿Han sido groseros contigo? —inquirió, preocupado, preguntándose si se le habría pasado algo por alto.

—Claro que no. Solo he notado cierta reserva y resistencia. Ya lo esperaba. No pasa nada. Es solo que no quiero ponerte en una situación violenta con tus amigos.

—Son como mi familia, Gwen. Hemos compartido muchas cosas, durante muchos años. De verdad, me gustaría que te conocieran y que te apreciaran como yo.

Sabía que no podían resistirse o eso pensaba. Ella no estaba tan segura.

—Creo que tienes que darles tiempo, Robert —dijo con sensatez, mientras se acercaban al centro de Saint-Tropez y él buscaba un sitio para aparcar—. Quizá les cueste un poco más de lo que piensas.

Si es que le daban una oportunidad. Era muy consciente de que quizá nunca le abrieran su corazón o sus puertas. No estaba tan segura como Robert de que llegaran a adaptarse y la acogieran con los brazos abiertos.

—No conoces a mis amigos. Confía en mí, Gwen. Esta noche, antes de que acabe la cena, se habrán enamorado de ti. ¿Cómo podrían no hacerlo? —dijo, sonriéndole.

—No soy Anne —respondió ella con dulzura—. A sus ojos, ese es el primer punto en mi contra. Y soy famosa... soy actriz... vengo de Hollywood... Estoy segura de que me encuentran rara. En especial, si leen la prensa sensacionalista. Es un bocado muy grande para empezar. Créeme, ya me ha pasado antes. Son cosas que hacen que la gente te odie antes de conocerte, si es que llegan a hacerlo. Soy culpable hasta que se pruebe lo contrario y no al revés.

—No en mi casa, no con mis amigos —dijo Robert, tajante.

Ella sonrió comprensiva y se inclinó para darle un beso en la mejilla. No iba a obligarle a reconocer la evidencia, pero había notado la resistencia de sus amigos durante el almuerzo y era un fenómeno que no le era desconocido. A veces, dolía y era frustrante, pero era algo por lo que había pasado una y otra vez... Y ellos tenían treinta años de historia común. Era un vínculo difícil de romper. No iba a hacer que la aceptaran a la fuerza. Era demasiado lista para intentarlo. Iba a ocuparse de sus propios asuntos tranquilamente y esperar que, con el tiempo, la dejaran entrar en su círculo. Sobre todo, estaba decidida a no forzar las cosas. Además, era demasiado pronto para saber qué iba a pasar con Robert.

Por fin, encontraron un espacio para aparcar y él se volvió hacia ella en el diminuto coche y, rodeándola con el brazo, le dio un ligero beso.

—¿Atacamos las tiendas, Miss Thomas?

—Me parece muy bien, su señoría —respondió, sonriéndole cariñosamente.

Se alegraba de haber ido a verlo, aun si sus amigos estaban visiblemente lejos de estar encantados.

—¿Crees que te reconocerá todo el mundo?

—Es probable. ¿Podrás soportarlo? —le preguntó, algo preocupada.

A veces, podía ser agobiante, especialmente si no estabas acostumbrado. Y celebridad era una palabra de la que Robert no sabía nada. También eso le gustaba de él. Estar a su lado siempre hacía que se sintiera bien y era real.

—Supongo que será mejor que me acostumbre, si vas a pasar tiempo conmigo —contestó él. Siempre se sentía afortunado por estar con ella, no por su fama, sino por ser quien era, un ser humano, no una estrella—. Vamos allá.

Salieron del coche y no habían andado diez pasos antes de que alguien los parara para pedirle un autógrafo a Gwen. Robert sonrió y ella se detuvo y firmó un trozo de papel. Dos minutos después, se detuvo de nuevo cuando dos chicos jóvenes le pidieron que posara para una fotografía. Lo resolvió con elegancia y siguió andando rápidamente, haciendo todo lo posible porque no afectara a Robert demasiado. Pero así eran las cosas. A pesar de todo, se las arreglaron para disfrutar de las tiendas y luego se sentaron en la terraza de un bar para tomar un vaso de vino. Como de costumbre, lo pasaron estupendamente, hablando y riendo y, simplemente, estando juntos. Nunca se les acababan los temas de conversación y siempre disfrutaban de su mutua compañía.

Charlaron de muchos temas: el trabajo de él, las películas de ella y su infancia y los ideales, los padres y los hijos de los dos. Robert sabía que ella quería haber sido maestra y que nunca había imaginado, ni por un momento, que llegaría a ser actriz ni, mucho menos, que ganaría un Oscar. Gwen le contó cómo había sido aquella experiencia, lo que significó para ella y lo difícil que era ahora escoger papeles que fueran igualmente valiosos para ella.

—A veces, tienes que hacer algo divertido y que te guste. No todas tus películas pueden hacerte ganar un Oscar —dijo con naturalidad y luego le habló de la que estaba a punto de empezar y de los actores contratados para trabajar con ella. Era una intriga policíaca y su coprotagonista era aún más famoso que ella. Al decir esto, recordó otra cosa que quería decirle—. Por cierto, tengo un par de amigos que están cerca de aquí. Viajan en un yate precioso; se llama *Talitha G*, y es propiedad de Paul Getty.

Robert había oído hablar del barco, pero no lo había visto nunca.

Era un yate a motor, clásico, con un interior extraordinariamente elegante, con mármol y antigüedades por todas partes. Los amigos de Gwen lo tenían alquilado durante dos semanas. Se preguntaba si a Robert le gustaría que fueran a verlos en el yate.

—No quería invitarlos hasta preguntarte qué te parecía.

—Suena fantástico —respondió él sinceramente—. Siempre he querido verlo. Leí un artículo en una revista hace un año y se lo enseñé a Anne. Ella era más aficionada a los veleros, pero opinó que tenía un aspecto increíble. En las fotos parecía soberbio.

—Lo es. Yo lo vi el año pasado y pensé en alquilarlo, pero me pareció un poco extravagante solo para mí y un puñado de gente de Los Ángeles.

Robert se sentía impresionado de que ella hubiera siquiera llegado a pensarlo.

—Creo que a los demás les entusiasmaría verlo —dijo calurosamente y entonces ella le contó quiénes eran los amigos que lo habían alquilado—. Las señoras del grupo van a desmayarse cuando se lo digas —comentó con una mirada divertida.

La vida de Gwen era tan absolutamente diferente de la suya… Ella era parte de un mundo extraño para todos ellos. Conocía a gente y mencionaba unos nombres que la mayoría solo había leído en las revistas, personas con las que habían soñado. El actor que había alquilado el *Talitha G*, Henry Adams, era una estrella de primera magnitud, y su mujer era una supermodelo famosa. Y en el barco, como invitados, había otros dos actores que también eran grandes estrellas.

—Son todos viejos amigos y muy agradables —dijo Gwen con una sonrisa—. A lo mejor a tus amigos les gusta conocerlos.

—No podrán resistirse a una oportunidad así —dijo Robert con una sonrisa de oreja a oreja.

—Los llamaré al barco cuando volvamos. Estuvieron todos en el Hôtel du Cap la semana pasada —dijo, sonriendo—. Es un trabajo duro, pero alguien tiene que hacerlo.

—¿Crees que les importará venir hasta la villa?

—Claro que no, les encantará.

Había trabajado con todos ellos en diferentes películas en los cinco últimos años. Robert se dio cuenta una vez más de lo importante que era su carrera y de lo lejos que había llegado en ella. Lo único que le sorprendía era su naturalidad, lo modesta y auténtica que era.

Cuando volvieron a la casa, se la llevó a navegar. No era tan hábil como Anne, pero tenía espíritu deportivo y no se quejó cuando al dar un giro brusco, se cayó al agua. Cuando tiró de ella para devolverla al barco, se estaba riendo. Él miró hacia otro lado cuando ella estuvo a punto de perder la parte de arriba del biquini. No quería que se sintiera incómoda, pero estaba más que un poco impresionado por su espectacular figura. Era difícil no estarlo. Pasaron el resto de la tarde en el barco. Cuando volvieron, Pascale y Diana ya estaban preparando la cena y casi no dijeron ni «hola» cuando llegaron.

—¿Prefieres salir a cenar por ahí? —preguntó Robert, discretamente.

Gwen tenía el pelo mojado, iba envuelta en una enorme toalla de playa y llevaba las sandalias en la mano. Entraron en la casa descalzos.

—No, me encantaría quedarme aquí. Podemos salir otro día. Voy a llamar a Henry. Quizá podríamos cenar en el yate mañana, si les apetece a todos. Dicen que la comida es deliciosa. Tienen un chef estupendo.

—No creo que les importara aunque tuvieran que comer comida para perros, solo por estar en el yate y verlos a todos —dijo susurrando mientras buscaban algo para picar en la despensa y se decidían por un puñado de nueces.

Le ofreció algo de beber y ella se sirvió un vaso de agua.

—Volveré y os ayudaré dentro de un momento —les prometió a Pascale y Diana cuando estas volvieron a la cocina.

Pascale insistió, algo forzadamente, en que no era necesario. En ese momento, Robert se dio cuenta de que Gwen tenía razón. Nunca había visto a Pascale y Diana comportarse de aquella manera. Había algo frío y casi hostil en las dos, lo cual le apenaba por Gwen.

Subieron juntos al piso de arriba y Gwen entró en su habitación para vestirse. Se sentó en la cama y esta se desplomó al momento. Se echó a reír. Era una escena perfecta. Un minuto después, llamó a la puerta de Robert, quien apareció envuelto en una toalla. Estaba a punto de meterse en la ducha.

—Me parece que me han puesto una trampa en la cama —le susurró y él le sonrió.

—No, pasó lo mismo la semana pasada. Haré que Marius la arregle. Lo siento, Gwen —dijo sintiendo auténticos remordimientos.

Quería que lo pasara bien y temía que no fuera así.

Pero ella parecía más divertida que molesta. Nada parecía irritarla, ni siquiera la fría recepción que le habían ofrecido. Comprendía que era debida al interés que sentían por Robert, más que a ninguna mala intención y eso hacía que le resultara un poco más fácil.

Robert bajó a buscar a Marius y Gwen fue a ducharse. Cuando apareció envuelta en un albornoz rosa que había comprado en el Ritz, la cama estaba reparada y Robert había desaparecido para ducharse también él. Se encontraron en el rellano, casualmente, veinte minutos después, de camino abajo. Gwen vestía unos pantalones amarillos de seda y un jersey de seda sin mangas, a conjunto, y llevaba un chal con un estampado de flores al brazo y sandalias doradas. Apenas iba maquillada. No parecía tanto una estrella de cine como una mujer muy hermosa.

—Estás preciosa —dijo Robert sinceramente y no pudo menos de notar su perfume. Era ligero y floral y muy sexy.

Por una fracción de segundo, sintió dolor por Anne, pero se esforzó por decirse que una cosa no tenía nada que ver con la otra. Era solo que la echaba de menos y por espectacular que fuera Gwen, no era Anne. Pero de todos modos, era una persona estupenda y disfrutaba estando con ella. Recordárselo le ayudó y la siguió escaleras abajo, de vuelta a la cocina. Eric estaba allí, bebiendo una copa de vino y hablando con Pascale. Diana se había ido arriba a vestirse para la cena. John estaba fuera, fumando un cigarro y haciendo fotos de la puesta de sol. La casa tenía el mismo ángulo que los cafés de la ciudad, lo cual les permitía ver la puesta de sol, algo inusual en Saint-Tropez.

—¿Qué puedo hacer para ayudar? —ofreció Gwen con naturalidad, mientras Robert servía dos copas de vino y le daba una.

Era evidente que Pascale se sentía muy tensa. Estaba en un verdadero aprieto, porque si se mostraba amable con Gwen, Diana se sentiría traicionada.

—No puedes hacer nada —dijo con rudeza.

Entonces, para suavizar el golpe por el tono que había empleado, Robert le contó a Pascale el regalo que Gwen les tenía preparado para el día siguiente. Dijo que unos amigos suyos iban a venir en un yate de fábula y que quizá pudieran cenar en él.

—Odio los barcos —dijo Pascale, metiendo unas patatas en el horno con el asado.

La forma en que lo dijo convenció a Robert de que Gwen estaba en lo cierto respecto a sus amigos.

—Este te gustará —le aseguró y le explicó cómo era.

Eric parecía interesado mientras escuchaba. Justo entonces John entró en la habitación, en mitad de la conversación, y miró sonriente y con admiración a Gwen. Ella le devolvió la sonrisa. A Pascale no le pasó inadvertido el intercambio.

—¿Qué barco? —preguntó John, sin saber de qué hablaban, mientras dejaba la cámara encima de la mesa y aceptaba una copa de vino que le tendía Eric—. ¿Vamos a alquilar un barco? Ya tenemos uno. —El que tenían era tan insignificante que todos rompieron a reír—. No tenemos por qué gastar más dinero —dijo John con firmeza, fingiendo un gruñido. Seguía sin poder apartar los ojos de Gwen.

—Pensaba que podríamos comprar uno —dijo Robert efusivamente y casi pudo ver cómo John palidecía debajo del bronceado.

—¿Aquí? ¿En Francia? ¿Por qué? ¿Estás loco? —Luego, de repente, comprendió que le estaban tomando el pelo—. Está bien, está bien, ya lo entiendo. ¿De qué barco se trata?

Robert se lo dijo y cuando Diana entró en la habitación, con pantalones blancos y una blusa de colores vivos, les contó a todos quién estaría en el barco y quién iba a venir a visitarlos al día siguiente, gracias a Gwen.

—Estás bromeando, ¿verdad? —preguntó Diana, medio irritada, medio intrigada.

Era un cambio interesante.

—No, no bromeo —dijo Robert, orgullosamente.

Había algunos aspectos de la vida de Gwen que, en realidad, le divertían. Poder presentar a sus amigos a tres superestrellas del cine y a una supermodelo era, sin ninguna duda, uno de esos aspectos. Aunque había otras cosas que todavía le gustaban más en ella. Pero esto era divertido.

Miró agradecido a Gwen, que había llamado a los Adams antes de vestirse y había quedado en que estarían en la villa al día siguiente, a la hora del almuerzo. Todos saldrían en el barco por la tarde; quizá se detendrían en algún sitio para nadar y luego echarían el ancla frente a la villa para cenar. Por una vez, Pascale y Diana se quedaron sin palabras. Era difícil quejarse de una invitación así. Durante un rato, todos se pusieron a hablar animadamente, aunque no se acordaron de incluir a Gwen en la conversación ni de darle las gracias por lo que había hecho por ellos. Pero Robert lo hizo más tarde, cuando fueron a pasear por el jardín después de cenar. Los otros no se habían mostrado especialmente amables con ella, aunque Eric y John habían hecho un esfuerzo. Pero Pascale y Diana seguían reticentes. En realidad, John había pasado un buen rato charlando con Gwen, pese a las miradas incendiarias de Pascale. Cuando se sirvió el café, a John no le quedaba ninguna duda; le gustaba Gwen y ella valoraba el esfuerzo que él había hecho y le estaba agradecida. De todos ellos, con excepción de Robert, era el que más amable había sido. También Eric le había preguntado una serie de cosas sobre su trabajo, lo cual solo hizo que Diana se retrajera todavía más.

Fue un alivio salir a tomar el aire después de cenar y Gwen se dejó caer, contenta, en una de las tumbonas que Pascale había hecho volver a pintar.

—Siento que te estén haciendo pasar un mal rato. Me parece que tenías razón esta tarde —admitió Robert.

No tenía ni idea de qué hacer, pero era solo el primer día y confiaba que todo iría mejor cuando todos se hubieran adaptado a ella. La *vendetta* de las mujeres contra Gwen le parecía ridícula y no acababa de comprenderla, pero Gwen sí que la entendía. Estaba acostumbrada. Para ella, los celos de los demás, por su aspecto y su éxito, era un modo de vida. Pero Robert solo quería hacer que todo aquello le resultara más fácil.

—Mejorará con el tiempo —dijo ella, sin darle importancia— y mañana, el barco los distraerá —añadió, mientras permanecían sentados solos, afuera.

Era como tratar con niños. Para ganártelos, tienes que mantenerlos ocupados y entretenidos.

—Nunca me lo hubiera esperado —dijo Robert, con tristeza—. No puedo entender qué creen que están haciendo ni por qué. ¿Qué sentido tiene que sean groseros contigo?

Estaba disgustado por el comportamiento de Diana y Pascale para con ella. Ni siquiera él podía no darse cuenta por más tiempo.

—Te están protegiendo —dijo ella, con filosofía—. Tienen muchas ideas preconcebidas sobre quién soy y qué soy. Lo superarán. Yo no quiero sacar nada de ti.

—¿Cómo pueden llegar a ser tan estúpidas? —preguntó Robert una vez más, con aire escandalizado. Ella asintió—. Pero ¿por qué? No podías ser más agradable con ellos.

—Eso no tiene nada que ver y tú lo sabes. Están honrando la memoria de Anne de la única forma que saben y creen que, además, están salvaguardando tu futuro. Desde su punto de vista, soy una especie de monstruo de Hollywood, Robert. Piénsalo.

—Espero que maduren pronto —dijo, con voz irritada. Y entonces se le ocurrió algo—. ¿Te gustaría ir a bailar? —le propuso.

Ella lo pensó durante un segundo; luego le sonrió y le dijo:

—Me encantaría. ¿Crees que les gustaría venir?

—No voy a invitarlos —dijo tajante, sintiéndose desafiante y harto de ellos—. Te mereces un poco de diversión, sin que nadie se meta contigo.

—Mira, no quiero herir los sentimientos de nadie —dijo ella prudentemente.

—En este momento vamos a pensar solo en tus sentimientos y en los míos. Ocupémonos de nosotros mismos y ya veremos qué hacemos con ellos mañana.

La emocionó que él estuviera dispuesto a hacer aquello. Cogieron el Deux Chevaux y esta vez condujo ella. Abandonaron la casa sin decirles nada a los demás, pero los Morrison y los Donnally los oyeron marchar y se quedaron en la sala, con aspecto cabizbajo, hablando de Gwen.

—Me gusta —dijo John, sencillamente, decidido a defenderla ante los demás—. Es una mujer muy agradable —añadió, mirando acusador a Pascale.

—¿Y qué esperabas? Es actriz —le respondió esta, furiosa.

Su marido se estaba pasando al otro bando y eso no le gustaba, aunque incluso ella se sentía dividida. Sin embargo, seguía pensando que si le gustaba demasiado Gwen, sería una deslealtad hacia Anne. Pensaba que le debía a Anne no ceder demasiado pronto, y no importaba lo que John dijera.

—Tendríais que dejar en paz a la pobre chica, aunque solo sea por Robert —añadió Eric. Era lo que había dicho por la tarde y, luego, volviéndose hacia su mujer, añadió—: Tienes que reconocer que es muy agradable con él.

—Es probable que no haya nada malo en ella, pero eso no significa que sea lo que le conviene a Robert. Necesita alguien más sólido.

Pero lo que todos estaban diciendo era que querían que Robert siguiera solo y llorando a Anne toda la vida. Después de la deserción de John y Eric, las dos mujeres seguían decididas a no ponerle las cosas fáciles a Gwen.

—Robert ni siquiera sabe qué le ha caído encima —añadió Diana, pensativa.

No se podía negar que Gwen era impresionante, pero ¿era sincera? A Diana no le importaba si lo era o no, no quería que le cayera bien. Se había metido en su trinchera y se negaba a moverse.

En la ciudad, Robert y Gwen se habían olvidado de ellos, como si fueran unos chiquillos traviesos a los que habían dejado en casa. Decidieron ir al puerto, a uno de los cafés al aire libre y charlar un rato. Para entonces, los dos estaban cansados de bailar, aunque se habían divertido. Robert trató de recordar cuándo fue la última vez que había bailado. Probablemente, en la boda de Mike. Cuando era joven, le gustaba bailar, pero Anne nunca había sido muy aficionada.

Robert y Gwen hablaron durante horas, sentados en el Gorilla Bar, admirando los barcos atracados en el puerto. Eran más de las dos de la madrugada cuando volvieron a la casa y, por suerte, todo el mundo estaba durmiendo y no los oyeron entrar.

—Gracias —dijo Gwen, en un susurro, frente a la puerta de la habitación de Robert—. He pasado una noche estupenda.

—Yo también —respondió él, susurrando igualmente. Luego se inclinó y la besó suavemente en la mejilla. Ninguno de los dos estaba listo para ir más allá. Así, la situación les resultaba más cómoda a ambos—. Hasta mañana, que duermas bien —dijo, deseando poder arroparla, aunque pensó que era una idea tonta. Era una mujer, no una niña.

En realidad, no tenía ni idea de qué hacer a partir de entonces, cómo empezar, cómo iniciar un idilio con ella, especialmente bajo el mismo techo que sus amigos. Ni siquiera estaba seguro de estar preparado y el hecho de preguntárselo le hizo darse cuenta de que no lo estaba.

Esperó hasta que ella cerró la puerta de su dormitorio y luego cerró su propia puerta sin hacer ruido. En cuanto lo hubo hecho, lo lamentó. Pero, como había observado al presentársela a los demás, esta parte tampoco era fácil. En realidad, todo era como un reto, pero el mayor reto era saber cómo manejar sus recuerdos de Anne, su sentido de lealtad hacia ella y su propia conciencia. Esa era la parte más difícil y, por el momento, no tenía ni idea de cómo superarla; además, sospechaba que Gwen tampoco, aunque no era su problema. Era él quien tenía que abordarlo y lo sabía. Mientras estaba tumbado en la cama, pensando primero en Anne y luego en Gwen, no podía menos de preguntarse si estaría dormida, qué aspecto tendría cuando dormía, qué llevaba puesto para dormir, si es que llevaba algo. Había muchas cosas que quería averiguar sobre ella. La cabeza seguía dándole vueltas cuando se quedó dormido y, al despertar a la mañana siguiente, descubrió que había soñado con ella. Mientras se duchaba, se afeitaba y se vestía, se dio cuenta de que estaba impaciente por verla.

9

Cuando Robert bajó a desayunar, se encontró con que Gwen ya estaba allí, tomando café con leche y leyendo el *Herald Tribune* y que no había nadie más a la vista. Habían sido los primeros en aparecer y ella le preparó una taza de café y le cedió el periódico.

—¿Has dormido bien?

Se mostraba interesada y preocupada por él, y tenía que admitir que eso le gustaba. Mucho. Era agradable que alguien se interesara de nuevo por él.

—Más o menos —admitió—. A veces, sueño con Anne.

Pero no le contó que no era con su esposa fallecida con quien había soñado la noche anterior; había soñado con ella y eso lo había perturbado. La verdad es que la deseaba, pero no pensaba que la mereciera. No tenía derecho a desertar de Anne, física o emocionalmente, incluso si ella no estaba allí. Se preguntó qué habría pensado Anne de todo aquello y si lo habría aprobado. Le hubiera gustado pensar que sí.

—Después de divorciarme de mi marido, me costó mucho volver a salir con alguien —dijo Gwen con sencillez, como si lo comprendiera y no quisiera presionarlo. Era otra cosa que le gustaba de ella. Había tantas cosas que le gustaban de ella, muchas más de las que hubiera esperado—. Es difícil pasar de una vida a otra. Solo estuve casada nueve años y tú lo estuviste treinta y ocho. ¿Cómo puedes esperar pasar de esa vida a la siguiente sin cierto estrés y cierta introspección y adaptación? Hace falta tiempo.

—Me parece que no lo había pensado nunca. No esperaba tener que hacerlo.

Ni enamorarse de otra persona, pero eso no se atrevió a decírselo.

—Yo tampoco —dijo ella—, pero a veces el destino nos obliga a enfrentarnos a las situaciones que menos esperábamos y más temíamos.

Robert nunca le había preguntado qué pasó para poner fin a su matrimonio, pero ahora lo hizo. Ella vaciló un instante antes de contestar.

—Tenía una relación con otra. Una relación muy seria, con una de nuestras mejores amigas, y yo me enteré.

—¿Así que lo dejaste? —Robert parecía impresionado y lo sentía por ella.

—Sí. En unos cinco segundos. Ni siquiera lo pensé. Reaccioné y me marché.

—¿Y él, qué hizo?

—Me pidió que volviera. En realidad, me lo suplicó, pero yo nunca volví a hablarle ni discutí la situación con él. Lo odié durante mucho tiempo, pero ya no. Nunca lo perdoné. Ella era mi mejor amiga y los culpé a los dos. En aquellos tiempos, era bastante rígida.

—¿Lo has lamentado alguna vez? Dejarlo, quiero decir.

—Sí. Después de hacerlo, me daba de bofetadas, pero nunca dejé que él lo supiera. Era demasiado orgullosa. Mi orgullo parecía lo más importante. Mi ego estaba herido, tanto como mi corazón, lo cual era estúpido. De cara al exterior, no vacilé ni un solo momento. No quería que él supiera que todavía lo quería.

—¿Y cómo te sientes ahora?

—Ahora estoy bien, pero durante mucho tiempo no fue así. Al principio, me sentía amargada, furiosa y destructiva... y destrozada.

—¿Qué crees que deberías haber hecho? ¿Aceptarlo de nuevo?

Lo sorprendió su respuesta.

—Es probable, porque no creo que seamos humanos o que valgamos la pena o que valga la pena conocernos, si no podemos perdonarnos. Me costó mucho tiempo hacerlo y, cuando lo hice, ya era demasiado tarde. Cuando sucedió, lo único que quería era castigarlo. Y lo hice. Me divorcié de él. Más tarde, comprendí que podía haberlo perdonado, vivir con ello y seguir casada con él. Pero, para entonces, era demasiado tarde. Lo mismo podía haberme sucedido a mí, solo que no fue así. Seguí enamorada de él mucho tiempo después de separarnos, pero no pude obligarme a perdonarlo. Es algo que lamentaré siempre. Necesité mucho tiempo para hacer las paces con eso. —Tenía un aire triste al decirlo.

—Debe de ser difícil poder elegir en esas cosas —dijo Robert, en voz baja—, poder decidir hasta dónde llegar, dónde trazar la línea. En cierto modo, para mí fue más fácil. Yo no elegí perder a Anne; solo tuve que aceptarlo. Tú tenías opciones y, si te lo permites, puedes culparte mucho tiempo por lo que elegiste hacer. Estoy seguro de que tomaste la decisión acertada.

—Supongo que sí. Durante mucho tiempo no estuve segura. Después de dejarlo, lo lamenté profundamente, pero era demasiado orgullosa para retroceder. Al final, los dos pagamos un alto precio. Aprendí una dura lección.

—¿Qué pasó con él? —Algo que vio en los ojos de Gwen lo impulsó a hacerle esa pregunta.

—Después de suplicarme varios meses que volviera con él y de que yo me negara, al final se casó con la mujer con la había tenido la relación. Puede que lo hubiera hecho de todos modos, pero no estoy segura de que estuviera enamorado de ella. —Al pronunciar el resto de palabras, su voz estaba tensa y era evidente que estaba bajo el peso de una tremenda carga—. Y luego se mató, seis meses después. Así que, en lugar de una vida arruinada, yo destruí tres, la de ella, la mía y la de él. Sé que siempre me sentiré culpable. —Estaba siendo sincera con él, sin importarle lo doloroso que le resultaba.

—No puedes hacerte eso —dijo él con afecto. Nunca le había contado la historia, pero ahora que lo había hecho, comprendió lo traumático que el divorcio y la muerte de su ex marido habían sido para ella—. No puedes saber qué más estaba pasando en su vida, en su cabeza, en aquel momento. Podía ser su propia culpabilidad o alguna otra cosa.

—Estaba decidida a ser dura, a no ceder —dijo ella, con tristeza—. Estaba furiosa porque me había engañado, pero si lo hubiera manejado de otra manera y hubiera hablado las cosas con él, si no hubiera presentado la demanda de divorcio tan pronto como lo hice, o no la hubiera presentado en absoluto, es probable que siguiéramos casados y él estaría vivo.

—Puede que ese no fuera su destino ni el tuyo. No puedes controlar lo que hace otra persona. Quizá tu vida con él había tocado a su fin.

—No, él le puso fin. En más de un sentido. Lo que él hizo fue muy definitivo. Se pegó un tiro. Su nueva esposa afirmó que todo era culpa mía, que nunca había superado que me divorciara de él. Se las arregló para echarme la culpa de todo. Me parece que, en aquel momento, la creí. Sé que tengo que seguir adelante y dejar de aferrarme a todo aquello. Hace ya bastante tiempo que murió. Pero todavía vacilo antes de empezar nada nuevo. Me recuerdo a mí misma lo que pasó, lo que podría volver a pasar y mi responsabilidad. No es posible huir de todo eso.

—Me parece que tienes que dejar de cargar con ese peso, Gwen —dijo Robert, con suavidad, tendiendo la mano y cogiéndole la suya—. Te lo debes a ti misma. No puedes seguir castigándote toda la vida. Lo que él te hizo también estuvo mal. Él también es responsable de lo que pasó, más que tú.

Ella asintió. Robert le estaba diciendo muchas cosas buenas y se sentía conmovida.

—¿Y qué hay de ti? ¿Te torturas debido a Anne? ¿Sientes que le debes tu vida y que no deberías volver a ser feliz? Porque si es así, es una posición dura. Es necesario que salgas de ella un día, Robert.

—Lo haré, si puedo. Ella era una gran fuerza en mi vida y era, también, una persona con una gran fuerza propia. No puedo imaginar que me deje ir fácilmente. Me parece que esperaba que estaría así, con ella, para siempre. Ahora se ha ido, yo estoy aquí y no sé cómo dar el siguiente paso.

—Lo harás. Dale tiempo. No puedes precipitar las cosas.

No lo hacía ni ella tampoco, y él se lo agradecía.

—Eres una persona extraordinariamente buena, Gwen —dijo Robert con admiración.

—Eso díselo a tus amigos —dijo ella en broma y él levantó los ojos al cielo.

Justo en ese momento entró Eric en la cocina e interrumpió la conversación.

—¿Habéis visto a Diana? —preguntó.

Ninguno de los dos la había visto. Todavía no había aparecido por la cocina. Eric no parecía muy preocupado mientras se servía una taza de café. Habían tenido otra pelea por la mañana, a causa de su relación con otra mujer, y ella le había dicho que nunca lo superaría, que tendrían que divorciarse. Él le había pedido, una vez más, que lo perdonara y, luego, acabó perdiendo los nervios por la incapacidad que ella mostraba para sobreponerse y perdonarlo. Cuando él perdió los estribos, ella se marchó, furiosa, de la habitación.

En aquel preciso momento, estaba fuera, nadando, tratando de enfrentarse a sus sentimientos de dolor y frustración. Le dolía mucho más porque la otra mujer era mucho más joven que ella. Como resultado, Diana se sentía acabada, vieja y no querida. Por el momento, no conseguía recuperar la confianza en sí misma ni su amor por Eric, quien de repente le parecía un extraño.

Eric se sentó con Robert y Gwen para charlar con ellos. Gwen se ofreció para preparar unos huevos, pero lo único que todos querían eran cruasanes. Cuando John y Pascale aparecieron en la cocina, les calentó los cruasanes y les sirvió café.

Diana entró, envuelta en una toalla de playa, e hizo caso omiso de Gwen. Actuó como si no estuviera allí. Las mujeres se mostraban intransigentes con ella y hasta Robert pensaba que no había nada que hacer. Si la relación entre él y Gwen llegaba a ser seria, ahora sabía que sus mejores amigos no la aprobarían ni serían parte de ella. Le parecía terriblemente injusto, pero no veía cómo podía cambiar las cosas, a menos que ellos estuvieran dispuestos a hacerlo. Se preguntaba si, en caso de haber sido ella otra persona, las cosas serían diferentes. Lo dudaba y estaba furioso con ellos por su actitud, por lo menos en el caso de Pascale y Diana. Estaba disgustado no solo por él mismo, sino también por Gwen. Sus amigos no le habían dado la más mínima oportunidad. Casi lamentaba haberla dejado organizar el día en el *Talitha G.* Si iban a tratarla de aquella manera, pensaba que no se lo merecían. Estuvo inusualmente callado mientras acababan de desayunar y luego le propuso a Gwen que salieran a navegar.

—Estás disgustado, ¿verdad? —le preguntó ella, una vez en el barco—. ¿Es por lo que te he dicho esta mañana sobre empezar una nueva relación? —Se preguntaba si lo habría ofendido.

—No, es por la forma en que se están comportando mis amigos. Por lo menos, las mujeres. Están actuando como si fueran niñas y empiezo a estar harto.

—Hemos de tener paciencia —dijo ella, con más consideración y tolerancia de las que él sentía o quería concederles.

—Casi lamento haberte traído aquí —dijo con tristeza—. No te mereces esto.

Pero, en cierto sentido, la situación hacía que la transición le resultara más fácil. Quería protegerla y sentía lealtad hacia ella y no solo hacia Anne. También a Gwen le debía algo. Se había abierto a él y había sido sincera. Estaban sentados uno al lado del otro en el barco y la atrajo hacia sí y la besó intensamente. Sintió una euforia y una excitación que no sentía desde hacía años. Volvió a besarla, sin pararse a respirar, y luego le sonrió. Le había parecido la única forma de dar salida a su rabia y, sin ninguna duda, había sido una buena elección. La perfidia de sus amigos solo había servido para unirlos más.

—¿Estás bien? —le preguntó Gwen después de que la besara, todavía preocupada por él.

Él le contestó con una sonrisa alegre. Tenía un aspecto muy atractivo y joven.

—Muy bien.

Luego la besó de nuevo; ella lo rodeó con sus brazos y, por un instante, él se olvidó de dónde estaba o de por qué se había disgustado. En lo único que podía pensar era en Gwen y en lo extraordinario que era besarla. Ni siquiera se acordó de Anne para nada. Solo pensaba en Gwen y en lo mucho que le importaba.

Navegaron en silencio durante un rato y luego ella señaló a lo lejos y él lo vio. El espléndido yate se dirigía hacia ellos, surcando las aguas lentamente, con sus dos chimeneas y sus elegantes líneas. Era increíblemente hermoso. Lo miraron y luego se sonrieron el uno al otro. Era uno de esos momentos que ambos sabían que recordarían durante mucho tiempo.

—Me haces muy feliz —dijo Robert, con una sonrisa.

Gwen había traído un nuevo entusiasmo a su vida y unos sentimientos que no experimentaba desde hacía años. Estaba impaciente por pasar el día en el barco con ella y solo lamentaba que hubieran invitado a los demás. Pero se apresuró a dar media vuelta al barco para amarrarlo y decirles a sus amigos que el yate se acercaba. Sin pensarlo, subieron por el camino cogidos de la mano. Nunca se había sentido tan cómodo en su vida, ni siquiera con Anne, que era más fría y poco expresiva. Pero todo en Gwen era amable, suave y cálido.

Al llegar a la casa, se dirigió arriba, a su habitación, para coger el bañador y unas cuantas cosas; luego fue a la habitación de Gwen a buscarla. Ella se había puesto un vestido blanco, de algodón, con tirantes. El pelo le enmarcaba la cara. Se volvió y le sonrió. Volvió a estrecharla entre sus brazos y la besó y, esta vez, no sintió ni culpa ni tristeza. Sentía un alivio y una paz intensos y un profundo cariño. Todavía no la conocía bien, pero sabía que había encontrado una mujer que podía significar mucho para él. Eran muchas las cosas que le gustaban de ella. Sin decir palabra, bajaron las escaleras, cogidos de la mano, en abierto desafío a sus amigos. Gwen estaba dispuesta a actuar discretamente, pero él le dejó claro, a ella y a ellos, que esto era lo que quería y en lo que se había convertido. Por lo menos de momento, esperaba que aceptaran y respetaran no solo esos cambios, sino también a Gwen. De lo contrario, tendrían que pagar las consecuencias.

10

El día en el *Talitha G* con Henry Adams y su esposa Cherie resultó ser más divertido y fascinante de lo que nadie en el grupo de Robert esperaba o soñaba. Henry se mostró encantador con todo el mundo y era tan guapo que Pascale y Diana no podían quitarle los ojos de encima. Él los colmó de atenciones, a todos ellos, y se aseguró de que la tripulación hiciera lo mismo. Les asignaron cabinas para cambiarse de ropa. Cherie, Pascale y Diana se hicieron amigas enseguida y la supermodelo y superestrella de las pasarelas de París y Nueva York se pasó la tarde flirteando con John, quien pensaba que debía de haberse muerto y que estaba en el cielo.

El almuerzo que les prepararon fue fabuloso y, después, todos se tumbaron al sol, disfrutando de un confort y una opulencia vergonzosos. Para cuando acabó el día, aunque Gwen no era más atractiva para Diana y Pascale, sus amigos, las estrellas de cine, sí que lo eran. Diana le susurró a Pascale, mientras descansaban echadas en unas cómodas tumbonas, que no le costaría nada acostumbrarse a aquella vida. Las dos estaban sorprendidas de que Gwen quisiera quedarse con Robert en su destartalada casa. Era evidente que todos aquellos hombres tan apuestos la admiraban enormemente. Se desvivían por ella, pero ella los trataba a todos como si fueran hermanos o amigos. Estaba claro que quien le importaba, y mucho, era Robert y nadie más, con gran pesar de Pascale y Diana. Le dedicaba toda su atención y se ocupaba de que estuviera cómodo, satisfecho y bien tratado. De haber sido justas, las dos deberían haberse alegrado por él. Por lo menos, Eric y John así lo hacían.

Cenaron en el comedor del yate, anclado frente al puerto de Saint-Tropez, viendo deslizarse a los veleros que volvían a casa, de vuelta de los cruceros de placer o las carreras. Toda una serie de embarcaciones más pequeñas daban vueltas alrededor del yate, solo para admirar la hermosa nave y para ver quién iba a bordo. Varios turistas y un par de *paparazzi* bien informados les hicieron algunas fotos. Parecían saber quién estaba en cada yate de la Riviera. Y este era una presa de primer orden para ellos, con cinco estrellas a bordo, bebiendo champán y vestidos con biquinis y tangas. Cherie Adams fue en *topless* toda la tarde, pero Gwen se mostró prudente y no se quitó la parte de arriba del biquini. Sabía demasiado bien lo que la prensa sensacionalista hubiera hecho con unas fotos así.

Gwen y Robert parecían felices y relajados, sentados juntos, hablando en voz baja, cuando no reían con sus anfitriones, mientras jugaban al mentiroso, o cogidos de la mano, sin decir nada, contemplando el Mediterráneo, abstraídos en sus pensamientos, muy cerca el uno del otro. Pascale y Diana los miraban de vez en cuando. La primera seguía insistiendo en que era una vida a la que Robert no se adaptaría nunca, ni querría hacerlo. Era demasiado *jet set* para él, especialmente si se pensaba en lo sensata que había sido la vida compartida con Anne. Sencillamente, no eran esa clase de personas, pero Robert parecía estar pasándolo bien y se le veía tan cómodo hablando con Henry y con su fabulosa esposa o con los otros dos actores a bordo como con los viejos amigos que había traído con él.

Eric estaba claramente impresionado por Cherie, igual que John. Les había dejado sin habla cuando se quitó la parte de arriba del biquini y siguió charlando con ellos como si tal cosa. Era ciertamente la costumbre en Francia, pero ninguno de los dos estaba preparado para el efecto que tendría en ellos.

A la hora de la cena, todos estaban extremadamente cómodos unos con otros y cuando, finalmente, el bote los llevó de vuelta a Coup de Foudre, Diana dijo que se sentía como Cenicienta mientras veía cómo los lacayos volvían a ser ratones y la carroza, una calabaza.

—¡Guau! ¡Vaya día! —Pascale tenía la mirada perdida en el horizonte mientras uno de los miembros de la tripulación del *Talitha G* la ayudaba a bajar desde el bote a su diminuto muelle.

Los tres actores del barco la habían colmado de atenciones y detestaba tener que marcharse. Se moría de ganas de contarle a su madre a quién había conocido y en qué yate había estado. Se sentía como una reina por un día.

—Te deja sin aliento, ¿eh? —le dijo Eric a John mientras servía vino para todos en la sala de la villa—. Vaya vida que llevas —le dijo a Gwen, admirándola todavía más por no jugar a hacerse la estrella.

En cierto sentido, verla con sus amigos había puesto las cosas en perspectiva. Pero a Robert le gustaba eso de ella, el hecho de que estuviera tan a sus anchas con los amigos de él como con los suyos propios y que no se diera aires de importancia. Se había dado cuenta de ello la primera vez que la vio y el tiempo que había pasado con ella desde entonces se lo había confirmado.

Por una vez, Diana y Pascale tenían muy poco que decir y la forma en que la miraban parecía haber cambiado sutilmente. De ninguna manera la habían aceptado, solo porque conociera un montón de estrellas de cine, pero estaban dispuestas a reconocer, por lo menos en privado, que quizá había más en ella de lo que al principio habían sospechado. No podía negarse que Robert parecía muy feliz. Sin embargo, seguían sintiendo una abrumadora necesidad de protegerlo. De qué, ya no estaban tan seguras, pero ambas seguían igualmente convencidas de que Gwen no podía ser tan buena y sincera como parecía. Pero ahora resultaba más difícil asignarle intenciones perversas. No había ninguna razón para que estuviera con Robert, excepto que le importaba de verdad.

Aquella noche, Robert y Gwen se fueron a tomar algo en la ciudad, en el Gorilla Bar, y se demoraron un rato en la discoteca. De camino a casa, él la besó de nuevo, como había hecho antes, y le dio las gracias por el maravilloso día que les había ofrecido a todos ellos, presentándoles a sus amigos, y se echó a reír al recordar la cara de John cuando Cherie se quitó la parte de arriba del biquini.

—¡Te relacionas con gente muy lanzada! —comentó.

Ella asintió sonriendo y al hacerlo pareció todavía más joven.

—Son muy divertidos, en pequeñas dosis. —Las personas con las que habían estado aquel día eran todos buenos amigos suyos, pero mucha de la gente de Hollywood no la atraía en absoluto. Había mucha más sustancia en ella—. Hace falta más que eso para que la vida sea interesante, me temo. Y si te dejas, esa vida acaba estropeándote.

Estaba claro, por lo menos a ojos de Robert, que eso no le había pasado a ella. La admiraba enormemente por ser quien era.

—¿No te aburres con estos viejos amigos míos?

Para empezar, eran todos bastante mayores que ella y sus vidas eran mucho más vulgares. Especialmente la suya, pensaba Robert, que era lo bastante sensato para no verse como una figura romántica. Pero lo más importante era que ella lo veía así y mucho. Gwen no había conocido nunca a nadie que la impresionara tanto, a quien admirara tanto. Ya antes de ir a Saint-Tropez, se había dado cuenta de que se estaba enamorando de él. Las buenas noticias eran que él parecía corresponder a sus sentimientos.

—Me gustan tus amigos —dijo tranquilamente, mientras volvían en coche a casa—. No creo que yo les guste mucho, pero puede que lo superen. Me parece que lo único que quieren es ser leales a Anne. Quizá con el tiempo, comprenderán que no estoy tratando de ocupar el lugar de nadie, de que me gusta estar contigo —dijo con una sonrisa y él se inclinó para besarla otra vez.

—Haces que me sienta muy afortunado —dijo él.

Todavía se debatía consigo mismo, pensando en Anne, en lo mucho que la había amado, en lo diferente que era de Gwen y en los muchos y maravillosos años que habían pasado juntos. Pero ya no estaba allí, por mucho que él lo lamentara. Trataba de decirse que tenía derecho a que hubiera alguien en su vida, aunque no fuera alguien tan deslumbrante como Gwen. No podía imaginar que ella quisiera estar con él mucho tiempo, aunque solo fuera porque le llevaba veintidós años, lo cual a él, si no a ella, le parecía mucho. Ella nunca había parecido intimidada por la diferencia de edad.

—Soy yo la afortunada —dijo Gwen mientras conducían bajo la luz de la luna—. Eres inteligente, divertido, increíblemente atractivo y una de las mejores personas que he conocido nunca —dijo mirándolo y él sonrió cohibido.

—Dime, ¿cuántas copas has bebido, exactamente? —le preguntó bromeando.

Ella se echó a reír y le acarició el brazo. Siguieron dando botes por el camino lleno de baches y un momento más tarde, él detuvo el coche, la cogió entre sus brazos y la besó como es debido; luego entraron en la casa, cogidos de la mano, procurando no hacer ruido para no despertar a los demás. La dejó frente a su habitación, con un beso prolongado, y cuando entró en su propio dormitorio, se detuvo y fijó la mirada en la foto de Anne que había encima de la mesita de noche. Se preguntó qué pensaría ella de todo aquello, si opinaría que era un viejo bobo o si desearía que le fuera bien. No estaba del todo seguro. Ni siquiera estaba seguro de lo que él mismo sentía, pero cuando no le daba demasiadas vueltas, tenía que admitir que era más feliz con Gwen de lo que nunca hubiera creído posible. Sin embargo, tenía que recordarse constantemente que no iba a ninguna parte, que era solo una fase divertida de su vida, que los otros le recordarían para tomarle el pelo durante muchos años y que él recordaría mucho tiempo.

Cuando se metió en la cama, permaneció despierto, preguntándose en qué estaría pensando Gwen en su habitación. Se moría de ganas de llamar a su puerta y besarla de nuevo, pero no se atrevía y seguía teniendo miedo de permitirse hacer algo más que besarla. Sabía que si lo hacía, sentiría que Anne lo estaba observando. Lo último que quería era traicionar a ninguna de las dos.

Se quedó dormido y soñó con las dos, en un sueño embrollado donde veía a Anne y a Gwen paseando por un jardín cogidas del brazo y sus amigos lo señalaban con dedos acusadores y le gritaban algo ininteligible. Era un sueño perturbador y se despertó varias veces. Cuando volvió a dormirse, soñó con Mandy. Sostenía la foto de su madre en las manos y lo miraba con tristeza.

—La echo mucho de menos —decía suavemente.

—Yo también —respondía él, llorando en su sueño.

Esta vez, cuando se despertó, tenía la cara húmeda de lágrimas. Se quedó en la cama mucho rato después, pensando en Anne y luego en Gwen.

Lo sobresaltó un golpecito en la puerta. Se puso un par de pantalones caqui y le sorprendió ver a Gwen. Todavía era temprano y no había oído levantarse a los demás.

—Buenos días —dijo ella en voz baja—. ¿Has dormido bien? No sé por qué, pero estaba preocupada por ti.

Estaban en el rellano, hablando, y ella estaba muy hermosa, descalza, con un camisón y una bata blancos.

—He tenido unos sueños extraños de Anne y tú andando por un jardín.

Ella pareció sobresaltarse al oírlo.

—¡Qué cosa tan rara! Yo he soñado lo mismo. He estado despierta mucho rato, pensando en ti —dijo suavemente, mirándolo.

Con el pelo revuelto, tenía un aspecto muy atractivo y fuerte.

—Yo también pensaba en ti. Quizá deberíamos habernos hecho una visita —dijo, muy bajito, para que nadie lo oyera. Le encantaba sentir a Gwen tan cerca, de pie, allí a su lado, sonriéndole—. Me doy una ducha y me reúno contigo para desayunar, dentro de diez minutos.

Cuando apareció, tenía un aspecto inmaculado, perfectamente rasurado, vestido con pantalones cortos y una camiseta. Ella llevaba unos pequeños shorts blancos y una camiseta sin espalda, un atuendo que perdió todo su brillo cuando se presentó Agathe con su última creación. Llevaba unos sostenes de tul de color rosado, con pequeños capullos de rosa, y unos pantalones ajustados, también rosa. Al entrar, Eric comentó que se parecía a uno de sus caniches. Estaban empezando a disfrutar esperando a ver qué llevaría cada día y lo estrafalario que sería. Nunca los decepcionaba y tampoco lo hizo aquella mañana. Se entretuvieron charlando antes de que los demás se levantaran. Era agradable tener tiempo para ellos. Los otros sonrieron abiertamente al entrar en la cocina para desayunar. Agathe era una diversión mejor que la televisión.

Justo cuando Diana entraba, sonó el teléfono. Era una llamada para Eric, de Estados Unidos, y la telefonista le dijo a Pascale que era una llamada personal. Eric frunció el ceño y luego fue a la habitación de al lado para hablar, algo que no le pasó inadvertido a su mujer. Pero cuando volvió a la cocina diez minutos más tarde, parecía relajado y libre de preocupaciones.

—Uno de mis colegas —explicó a todos, en general.

Diana se concentró en sus cruasanes y bebió un largo trago de café, igual que si fuera whisky. En los treinta y dos años que llevaban casados, ninguno de sus socios lo había llamado nunca mientras estaban de vacaciones. Ella sabía exactamente quién era y, apenas acabado el desayuno, lo acusó de ello.

—Era Barbara, ¿no es verdad? —Así se llamaba la mujer con la que tenía una relación.

Él vaciló un momento y luego asintió. No quería mentirle.

—¿Y por qué te ha llamado?

—¿A ti qué te parece? —dijo, con aspecto disgustado, de pie en la sala. No quería que los demás lo oyeran—. Esto tampoco es fácil para ella.

—Y si yo te dejo, ¿te casarás con ella?

Eso era lo que de verdad la preocupaba. Se preguntaba si aquellos dos solo se habrían dado un tiempo para ver si su matrimonio se partía en pedazos o si era verdad que habían puesto fin a su relación, como Eric le había dicho antes de salir de Nueva York.

—Claro que no, Diana. Le llevo treinta años. Además, ni siquiera se trata de eso. Yo te quiero. Cometí un error, hice algo increíblemente estúpido. Me equivoqué y lo he reconocido. Ahora, por amor de Dios, no le des más vueltas. Olvidémoslo y sigamos adelante.

—¡Qué fácil te resulta decirlo! —dijo, mirándolo con ojos llenos de desolación.

No podía superarlo. La habían traicionado y rechazado. En esos momentos se sentía como si tuviera mil años y ya no confiaba en él. Y no ayudaba precisamente saber que era lo bastante vieja como para ser la madre de la otra mujer. Por vez primera en su vida, se sentía vieja y poco atractiva para él. Él había tratado de hacerle el amor varias veces desde que llegaron, pero Diana se había negado. No podía y no sabía si podría nunca más.

—Ya no sé qué más decirte. Supongo que tendrá que pasar tiempo para que vuelvas a confiar en mí —dijo Eric.

Mientras tanto, sabía que debía tener paciencia y pagar por sus pecados, pero no era fácil para ninguno de los dos. Barbara le suplicaba que volviera con ella. Había embaucado a su secretaria, que sentía lástima por ella, y había conseguido sacarle su número de teléfono en Francia. Él le repitió que era imposible y le pidió que no volviera a llamarlo. Ella estaba llorando cuando colgaron y él se sentía como si fuera un monstruo. Pero no podía quejarse a su mujer. Ambas lo odiaban. Era una situación lamentable para él, pero reconocía que todo había sido culpa suya.

Justo cuando Eric y Diana dejaron de hablar, entró Gwen, con aspecto feliz y relajado; vio, al instante, la angustiosa expresión de sus caras. Era fácil comprender que algo terrible les estaba pasando y no quería entrometerse. Diana no parecía estar más cerca de reconciliarse con su marido que cuando llegaron a Saint-Tropez, a pesar de que habían compartido algunos momentos agradables. Pero la verdad la acosaba y no importaba lo bonito que fuera Saint-Tropez ni lo deliciosa que fuera la comida ni lo encantadora que era la luz de la luna; él la había traicionado y nada podía hacer que ella lo olvidara. Era la razón por la que le había dicho a Pascale, la noche que llegaron, que tenía que divorciarse. No podía imaginar que lograra superarlo ni perdonarlo; lo único que hacía falta era una llamada de teléfono para recordarle la agonía que le había hecho sufrir.

—Lo siento, no quería interrumpir —dijo Gwen, apresurándose a cruzar la sala.

Robert la siguió al cabo de un momento y se detuvo para hacerle una pregunta a Eric.

—¿Quieres venir a navegar con nosotros? —le preguntó, sin darse cuenta del tormento que expresaban sus caras.

Pensó que era la usual discusión marital sobre quién iba a nadar y quién iba de compras. Los Donnally no le habían contado nada sobre el problema que tenían los Morrison y él era no era consciente de la situación.

—Claro —dijo Eric rápidamente, aliviado por escapar de la discusión que estaba teniendo con Diana—. Voy a ponerme el bañador.

—Diana, ¿quieres venir tú también? —dijo Robert invitándola también, pero ella rehusó con la misma rapidez con que Eric había aceptado.

—Pascale y yo vamos a ir al mercado —dijo y salió de la habitación.

Cuando se lo preguntó a John, que salía de su dormitorio, con la desmembrada manija del váter en la mano, este le dijo que iba a quedarse en la casa y hacer algunas llamadas telefónicas al despacho.

Con gran sorpresa y desilusión para Robert, Gwen también decidió quedarse en la casa. Dijo que tenía dolor de cabeza, pero la verdad era que, después de ver la expresión de Eric, pensaba que a los dos hombres les iría bien pasar un tiempo juntos y solos. De cualquier modo, había unas cartas que quería escribir.

Robert la besó antes de marcharse con Eric a navegar.

La casa estaba en silencio. Se instaló en la sala y se puso a escribir notas y postales. Oía cómo John hablaba por teléfono y le llegaba, a ráfagas, el olor del humo de su cigarro desde la cocina, pero no le molestaba. Le encantaba el sonido de los pájaros en el jardín. Era un lugar lleno de paz, pese a sus fallos y evidente deterioro, y se alegraba de estar allí.

Hacía bastante rato que John había dejado de hablar cuando Gwen fue a la cocina para prepararse otra taza de café y se encontró con su cuerpo inánime, desplomado sobre la mesa. Seguía con el teléfono en la mano, aunque la comunicación había acabado por cortarse. Estaba caído, con la cara enterrada en sus papeles. Le costó menos de un segundo darse cuenta de lo que pasaba. Corrió hasta él, lo sacudió, lo llamó y luego lo tendió en el suelo, tan suavemente como pudo, para comprobar si respiraba. Apenas lo hacía y tenía el pulso muy débil. Sabía que no había nadie en la casa para ayudarla; no tenía ni idea de dónde estaba la pareja francesa y todos los demás se habían ido, a navegar o al mercado. Estaba sola.

—¡John! ¡John! —repitió de nuevo y, mientras lo sacudía suavemente, vio que dejaba de respirar y que la cara se le ponía gris.

No tenía ni idea de qué le había pasado. Miró hacia la mesa, como buscando una pista. Había un plato de pequeñas salchichas, pulcramente cortadas, y se preguntó si se habría atragantado con una o si habría tenido un ataque cardíaco. Lo único que se le ocurría hacer era la maniobra Heimlich. La había aprendido años atrás, junto con la reanimación cardiopulmonar, pero ni siquiera estaba segura de acordarse de todos los detalles. Además, no era algo fácil de hacer con él tendido de espaldas en el suelo, inconsciente. John era un hombre muy corpulento y demasiado pesado para ella. Cuando tiró de él para sacarlo de la silla y acostarlo en el suelo, había necesitado de todas sus fuerzas.

Le metió los dedos en la boca y la recorrió en todas direcciones, pero no encontró nada. Luego, mediante tres respiraciones cortas, le introdujo aire en la boca, pero era evidente que tenía las vías respiratorias bloqueadas; era como respirar contra una pared. Entonces se colocó a horcajadas encima de él y, con las dos manos entrelazadas, presionó en el abdomen y rezó.

Los labios habían empezado a volverse azules y no había ningún 911 al que llamar; así que continuó haciendo lo mismo y rezando por que no muriera sin que ella pudiera ayudarlo. Su propia desesperación solo la impulsaba a repetir la presión una y otra vez. De repente, se oyó un «pop», John emitió un horrible sonido, como si se ahogara, y un trozo de salchicha, como un tapón de champán, salió disparado de su boca y aterrizó en el suelo de la cocina, a dos metros de donde ella estaba, todavía arrodillada por encima de él. Colocó a John de lado y, al instante, este vomitó y permaneció inmóvil en el suelo, respirando entrecortadamente, pero respirando, por lo menos. El trozo de salchicha atascado en la garganta había estado a punto de matarlo. Pasaron varios minutos hasta que él mismo giró para ponerse de espaldas y quedarse mirándola.

—Me atraganté —dijo débilmente.

—Lo sé. ¿Cómo te sientes? —le preguntó Gwen con un aspecto muy preocupado.

—Un poco mareado —dijo en voz baja—. Estaba fumando y hablando y me comí uno de esos trozos de salchicha. Se quedó atascado y no podía hacer sonido alguno —dijo, recordando lo desesperado que se había sentido y con un aspecto todavía asustado. Temblaba y estaba pálido.

—¿Por qué no vamos al hospital? —ofreció ella, limpiando los restos de su desayuno.

Luego le pasó un trapo húmedo y frío por la frente, mientras él la miraba agradecido.

—Gracias, Gwen. Me has salvado la vida.

Era verdad y los dos lo sabían. Habría muerto en pocos minutos o habría sufrido daños cerebrales si ella hubiera tardado más en sacar la salchicha.

—Ya estoy bien. Solo necesito recuperar la respiración —añadió John.

—¿Estás seguro? Será mejor que Eric te eche una mirada cuando vuelva del barco.

Recogió el trozo de salchicha, del tamaño de un tapón de vino, y lo envolvió en un trapo de cocina para enseñárselo a Eric o, si John dejaba que lo llevara, en el hospital, pero este se negó.

Lo ayudó a volver a sentarse en la silla y le dio un vaso de agua, pero él solo tomó un sorbo. Vio con alivio que le había vuelto el color a la cara. Por espantosa que hubiera sido, la situación crítica ya había pasado.

—Gracias a Dios que estabas aquí —dijo agradecido—. ¿Por qué no te fuiste con los demás?

Su aspecto era ya casi normal, aunque todavía estaba afectado por la experiencia. Fue aterrador sentir cómo se ahogaba y luego perder el conocimiento. Estaba seguro, igual que ella cuando lo encontró, de que se estaba muriendo.

—Me pareció que Eric quería hablar con Robert y las señoras no parecían demasiado entusiasmadas de que fuera con ellas.

—Se les pasará —dijo John, dándole unas palmaditas en la mano—. Anne era su mejor amiga. Es difícil ver a Robert con otra persona, pero tiene suerte de tenerte a ti —dijo con ecuanimidad—. Todos la tenemos. Danos una oportunidad, Gwen, necesitamos un poco de tiempo.

John había sido amable con ella desde el principio y Eric había seguido su ejemplo, pero a las mujeres les estaba costando mucho más aceptarla. El día pasado en el *Talitha G* había ayudado, pero todavía estaban tratando de decidirse respecto a ella. Todo lo contrario que Robert, que ya sabía lo buena persona que era y lo mucho que le gustaba.

John y ella seguían sentados en la cocina, hablando, cuando Robert y Eric volvieron, dos horas más tarde. John se había duchado, se había cambiado la camisa y había vuelto para reunirse con Gwen. Habían hablado de la vida, de los amigos, de las pérdidas y de Robert. John sentía una enorme admiración por él y solo quería lo mejor para él, igual que todos.

—Bueno, os lo habéis perdido —dijo John jovialmente cuando entraron, pero Gwen observó que no había vuelto a encender un cigarro desde el accidente y que seguía un tanto tembloroso; por ello, se sintió aliviada al ver a Eric—. He intentado suicidarme con un trozo de cerdo. Así es como lo hacen aquí, pero no ha funcionado, como pasa con todo en este país. En realidad, Gwen me ha salvado la vida.

—¿Qué te estás inventando? —dijo Robert, riendo al oírlo.

No tenía ni idea de qué estaba hablando John. Eric se puso serio inmediatamente. Le había estado contando a Robert lo que pasaba entre Diana y él. Esa era la razón de que Gwen no hubiera ido a navegar con ellos, para que pudieran hablar, y fue evidentemente cosa del destino que no se marchara con ellos. Si lo hubiera hecho, al volver habrían encontrado a John muerto en la cocina.

—Lo digo en serio —insistió John, mirando agradecido a Gwen y, a continuación, lo explicó todo.

Los dos hombres se quedaron impresionados por lo que había estado a punto de suceder.

—He guardado la salchicha para enseñártela —dijo Gwen y le dio el trapo de cocina a Eric para que la viera.

Eric se horrorizó al verla y, luego, volvió a mirar a John.

—Tiene el tamaño justo para bloquearte la tráquea y matarte. —Luego se dirigió a Gwen y le agradeció su presencia de ánimo y su persistencia—. ¿Qué tal si la próxima vez comes bocados más pequeños? —le dijo a John y fue a buscar el estetoscopio que había traído para comprobar cómo estaba.

La presión sanguínea y el corazón de John parecían estar bien y, para demostrarlo, este encendió un cigarro, justo en el momento en que Pascale y Diana llegaban de vuelta del mercado. John todavía llevaba puesto el brazal del aparato para tomar la presión cuando encendió el puro. Pascale se quedó contemplando, confusa, la escena de la cocina, mirando alternativamente a Eric y a John.

—¿A qué clase de juegos habéis estado jugando? —dijo regañándolos.

—Gwen se ofreció a quitarse la parte de arriba del biquini y Eric estaba comprobando de qué manera me afectaba —dijo John, con una amplia sonrisa.

Gwen protestó y Pascale cabeceó con desaprobación.

—Muy bonito —dijo, dejando los cestos—. ¿Ha pasado algo? —preguntó a continuación, al ver las caras serias de los demás.

—Se atragantó con un trozo de salchicha —dijo Eric, con sencillez—, y por muy poco no lo cuenta. Gwen le hizo el Heimlich y lo salvó. En pocas palabras, eso es todo. —Para recalcarle la gravedad de lo sucedido y el acto de heroísmo de Gwen, añadió—: Estaba inconsciente cuando lo encontró.

—*Mon Dieu*, pero ¿cómo sucedió? —Parecía aterrada; miraba a John y, agradecida, a Gwen. Luego abrazó a su marido—. ¿Estás bien? ¿Qué estabas haciendo?

—Hablando, fumando y comiendo. Gwen es una buena chica. De no ser por ella, habría estado bien jodido, de forma permanente.

Pascale pudo ver en sus ojos, más allá de la exageración, que se había asustado de verdad. Se acercó a Gwen y la abrazó.

—Gracias… No sé qué decir… gracias.

Pascale no pudo decir nada más debido a la emoción. Gwen la abrazó a su vez, pensando que se alegraba de haber estado allí. Habían tenido suerte.

—¿Cuándo almorzamos? —dijo John con una sonrisa de oreja a oreja.

Pascale puso los ojos en blanco y gimió.

—He comprado *boudin noir* en el mercado, pero nada de embutido para ti. Voy a darte preparados para bebé hasta que aprendas a comer.

John no le replicó; le rodeó los hombros con un brazo y la besó. Era como si se le hubiera concedido el don de la vida, de forma inesperada y, quizá, inmerecida, pero estaba agradecido por ello.

El grupo se mostró animado durante el almuerzo y todos estaban de buen humor, incluso Eric y Diana. Era como si la mano del destino los hubiera salvado a todos de otro desastre. John parecía particularmente feliz. Más tarde, él y Pascale se fueron a su habitación a dormir la siesta y Eric le pidió a Diana que fuera a dar un paseo con él, con lo cual Robert y Gwen se quedaron solos. Salieron afuera y se tumbaron en el pequeño muelle, empapándose de sol.

Gwen le contó todo lo que había pasado con John y él, meneando la cabeza, escuchaba; recordaba la noche en que había encontrado a Anne y volvía a vivir aquella pesadilla, sin decir nada.

—John ha tenido una suerte de todos los diablos de que lo encontraras.

—Me alegro de haberlo hecho —dijo ella suavemente, todavía un poco asustada por todo lo que había pasado.

Robert la miró con una ternura sorprendente.

—Me alegro de haberte conocido, Gwen. No estoy seguro de estar preparado para ti ni de merecerte. Pero lo que siento por ti es muy fuerte. —Era una manera tímida de decirle que se estaba enamorando de ella, pero ella también se estaba enamorando de él y estar allí, juntos, en el sur de Francia, con sus amigos, los estaba acercando todavía más—. La vida es extraña, ¿no? Nunca se me había ocurrido que pudiera perder a Anne. Siempre había pensado que ella me sobreviviría. Nunca me pasó siquiera por la cabeza que habría alguien más en mi vida. Eric me ha estado contando que entre él y Diana están pasando cosas muy tristes. Justo cuando piensas que tienes algo seguro entre las manos, todo se rompe en pedazos y tienes que volver a empezar desde cero. Luego, cuando piensas que tu vida se ha acabado, empieza de nuevo y tienes otra oportunidad. Quizá sea eso lo que hace que la vida valga la pena.

—Yo tampoco pensé nunca que volvería a encontrar a alguien tan importante para mí —coincidió Gwen—. Pensaba que había cometido demasiados errores y que había jugado ya todas mis cartas. Pero quizá no es así —dijo con dulzura, mirándolo.

Permanecieron sentados, juntos, durante mucho rato, mirando el mar y contemplando tanto su pasado como su futuro.

—Te quiero, Gwen —dijo él, volviéndose a mirarla—. No puedo creer que yo sea lo adecuado para ti. Soy demasiado viejo y nuestras vidas son muy diferentes. Pero, ¿quién sabe?, puede que esto sea lo mejor que nos haya pasado nunca a los dos. —Sonrió sosegadamente y la rodeó con el brazo—. Vamos a esperar y ver qué pasa.

—Yo también te quiero —susurró ella, mirándolo.

Entonces él la besó. El sol brillaba intensamente sobre Saint-Tropez.

11

Desde el momento en que Gwen salvó a John de ahogarse, las actitudes de todos hacia ella parecieron cambiar sutilmente. No fue algo inmediato ni manifiesto, sino más gradual, pero palpable; todos hacían pequeños gestos dirigidos a ella. La siguiente vez que Diana y Pascale fueron al mercado, le pidieron que las acompañara. Al principio, se mostraban reservadas, pero luego empezaron a abrirse y charlar con más naturalidad. Gwen llevaba las bolsas de la compra con ellas, preparaba el desayuno para todos y, por la noche, recogía la cocina en lugar de Pascale. Una noche, cuando Pascale se puso enferma, Gwen preparó la cena para todos y una sopa de pollo para Pascale. Había comido almejas en mal estado en el puerto y había vomitado violentamente. Varios días después, seguía sintiéndose enferma.

Se sentía tan mal que Eric temió que hubiera contraído salmonela o hepatitis y quería que fuera a ver a un médico y que le hicieran un análisis de sangre, pero Pascale insistió en que estaba bien y se quedó en cama unos días.

Cuando la primera semana de la estancia de Gwen allí tocaba a su fin, Diana ya hablaba abiertamente delante de ella e incluso había reconocido la reciente relación amorosa de Eric. Al principio, Gwen no dijo nada, pero luego no pudo contenerse más.

—Mira, Diana, sé que no tengo ningún derecho a decirte esto y tampoco sé qué deberías hacer, pero mi marido tuvo una relación cuando estábamos casados y yo lo dejé el mismo día en que me enteré. Lo eché a la calle, cerré la puerta y nunca volví a hablar con él. Pedí el divorcio. Llevábamos nueve años casados y creo que, en cierto modo, lo obligué a casarse con la otra mujer. No estoy segura de que lo hubiera hecho si yo no lo hubiera abandonado. No sé qué pasó después de eso ni por qué hizo lo que hizo. Nunca contesté a sus llamadas ni volví a verlo. Se suicidó seis meses después de volver a casarse y, más tarde, ella dijo que él nunca había dejado de quererme. Lo más estúpido, lo verdaderamente pecaminoso y terrible es que yo seguía enamorada de él. No estoy diciendo que Eric fuera a hacer nunca algo así, lo que estoy diciendo es que arruiné mi matrimonio, lo tiré a la basura. En aquel momento, pensé que nunca podría perdonarlo. Además, ella era mi mejor amiga. Pero ahora sé que cometí un terrible error y desearía no haberlo hecho. Espero que seas más inteligente que yo —dijo Gwen con lágrimas en los ojos, mientras Diana la escuchaba atentamente, conmovida por lo que estaba oyendo—. Es justo sentirse herida y furiosa, pero no lo tires todo por la borda.

Diana asintió, mientras seguían secando los platos y, cuando Eric entró en la cocina, miró hacia otro lado. Era una historia terrible, pero de ella se podía aprender una lección, no sobre el suicidio, sino sobre amar a alguien, perdonar y no tirar piedras contra el propio tejado.

Aquella noche Gwen le contó a Robert su conversación con Diana.

—Me alegro. Yo también he estado tratando de hacer que Eric no tire la toalla. Está muy desanimado y supongo que ella está muy enfadada con él, pero eso es comprensible. Si pueden pasar por esto y seguir queriéndose a pesar de todo, al final, quizá acaben teniendo algo incluso mejor. Eric no está seguro de que Diana vaya a ceder.

Tampoco lo estaba Gwen, teniendo en cuenta lo que Diana le había dicho.

Al día siguiente, Gwen preparó el desayuno para todos en lugar de Pascale, que se sentía demasiado débil de resultas de su intoxicación para levantarse. Cuando John se reunió con ellos en la cocina, parecía preocupado.

—No me gusta el aspecto que tiene —dijo, en voz queda, a Eric—. No quiere reconocerlo, pero sé que se encuentra bastante mal. Creo que tendría que ver a un médico, aquí en Saint-Tropez, y que le hicieran unos análisis.

—Le echaré una ojeada después de almorzar —ofreció Eric y John se lo agradeció.

Cuando hubieron comido las tostadas a la francesa de Gwen, Eric subió al piso de arriba. Pascale le dijo que creía que era una combinación de problemas y le explicó las molestias que tenía. Todo lo que dijo sonaba razonable y Eric pudo tranquilizar a John cuando volvió a bajar.

—Creo que se siente fatal. Se tarda bastante en superar un caso de intoxicación tan malo como este.

Pero John no estaba convencido y, cuando subió para ver cómo estaba, la riñó de nuevo, insistiendo en que fuera a ver a un médico. Ella le respondió que no le gustaban los médicos en Francia.

—Y a ti tampoco —le recordó.

Sin embargo, cuando la miró, le pareció que tenía la cara verdosa.

Cuando todo el grupo, incluyendo a Pascale, que dijo que se encontraba mejor, se reunió para almorzar, Robert y Gwen dijeron que estaban hablando de prolongar su estancia otra semana.

—¡Hurra! —exclamó Diana y, al instante, pareció avergonzada, pero una mirada de naciente amistad pasó entre ella y Gwen.

Todos iban descubriendo lentamente que no solo era una buena persona, sino que, además, era encantadora y ya se sentían menos preocupados por Robert. Gwen estaba empezando a restaurar la fe que siempre habían tenido en su buen criterio y John estaba entusiasmado por él. Se lo dijo a Pascale por la tarde.

—Fíjate en la vida que podría llevar con ella, Pascale. Es apasionante. ¡Una estrella de cine! A su edad, le daría chispa a su vida.

—No es eso lo que necesita —dijo Pascale, con reservas. Aunque estaba agradecida por lo que Gwen había hecho por John cuando se estaba ahogando, seguía queriendo estar segura de que Robert no cometía un error, si la relación llegaba tan lejos. Pero solo el tiempo lo diría—. Necesita una persona real, una compañera, una buena amiga.

—Ella es una persona real. Mírala, ha cocinado y limpiado más que Diana o tú. Es amable con todos nosotros. Al principio, aguantó todas vuestras estupideces y fue muy comprensiva. Y lo más importante es que creo que lo quiere y que él la quiere a ella.

—No crees que vayan a casarse, ¿verdad? —dijo Pascale, todavía con aire preocupado.

—A nuestra edad, ¿quién necesita casarse? Él no va a tener hijos. Lo que necesitan es pasarlo bien juntos. Creo que eso es lo que los dos quieren.

—Bien —dijo ella, con aspecto aliviado.

—¿Y tú, qué? ¿Vas a ser razonable y vas a ir al médico? No me importa si te sientes mejor. Puede que hayas cogido un virus malo de verdad. Puede que necesites antibióticos.

—Lo único que necesito es dormir.

Estaba tan exhausta que apenas podía levantarse de la cama y pasó toda la mañana siguiente esperando que llegara la tarde para echarse la siesta. Todavía seguía durmiendo a las cinco, cuando Eric, Robert y Gwen volvieron de navegar. Diana estaba echada en una tumbona en el jardín, leyendo, y John había ido al hotel más cercano a enviar un fax a Nueva York.

—¿Qué tal el paseo? —preguntó Diana, con una sonrisa, mirando de soslayo a Eric.

Había estado pensando en él y en lo que Gwen le había dicho. Seguía enfadada con él, pero podía concebir la posibilidad de que, un día, su dolor y su decepción disminuyeran. Había estado pensando en todo lo que habían hecho a lo largo de los años, en lo que amaba en él y, aunque todavía lo odiaba por lo que había hecho, casi podía comprenderlo. Quizá era un último intento de aferrarse a su juventud. No estaba del todo segura de poder culparlo por eso. Él la miró y se detuvo un instante. Por vez primera, veía algo diferente en sus ojos.

—Fue agradable —dijo.

Cuando pasaba por su lado, ella movió las piernas en la tumbona y él se paró un momento y luego se sentó.

—Te he echado de menos —dijo, vacilando, mientras los demás se dirigían hacia la casa—. No he dejado de pensar en ti todo el rato, mientras navegábamos.

—Yo también —dijo ella, sin extenderse, pero él notó que parte del hielo que había en su corazón se había fundido.

—De verdad que quiero solucionar esto. Sé que hice mal. Y no puedo esperar que me creas o confíes en mí de nuevo, no tan pronto. Pero me gustaría pensar que volverás a hacerlo con el tiempo.

—A mí también me gustaría —dijo ella sinceramente.

Sus amigos habían hablado con los dos, pero lo que Gwen le había dicho era lo que más la había conmovido. Sus palabras cargaban con todo el peso del dolor que sus propios errores habían causado. Era evidente que llevaba aquella carga de remordimiento desde entonces.

—Veremos —añadió.

Era todo lo que podía prometerle a su marido en aquel momento. Pero cuando volvieron a su habitación al final de la tarde, parecía que su paso era más ligero y, cuando Eric dijo algo divertido, ella se echó a reír.

—¿Quieres que salgamos a cenar fuera? —le preguntó él.

Después de pensarlo un segundo, asintió.

—¿Qué crees qué querrán hacer los otros?

—Salgamos los dos solos por esta noche. Ellos pueden arreglárselas solos.

Eric se sentía muy aliviado de poder hablar con ella de nuevo. Las cosas habían cambiado.

Pascale decidió quedarse en cama y dormir y John acababa de recibir un paquete con papeles de su oficina y quería revisarlos. Robert y Gwen decidieron dar una vuelta por Saint-Tropez y luego ir a comer algo en el puerto.

Aquella noche, muy tarde, estaban sentados otra vez en el Gorilla Bar, charlando y riendo, cuando Robert la miró y cogiéndole la mano y sin darle más explicaciones, dijo:

—Ven, vámonos a casa.

—¿Estas cansado? —preguntó, sorprendida por su repentino deseo de volver, pero él parecía feliz y de buen humor.

Pagaron la cuenta y volvieron a casa en su Deux Chevaux.

Todo estaba silencioso cuando llegaron. Eric y Diana no habían vuelto todavía. Las luces estaban apagadas y John y Pascale se habían ido a la cama.

Mientras subían las escaleras Robert y Gwen hablaban en susurros, como dos adolescentes.

—Buenas noches —dijo ella.

Él la besó, pero vaciló mucho rato antes de dejarla ir. Y luego, la miró, sintiéndose como un chaval.

—Me preguntaba si... pensaba que... ¿Quieres dormir en mi habitación esta noche, Gwen? —preguntó en voz muy baja y sonrojándose en la oscuridad.

—Nada me gustaría más.

Hasta entonces habían actuado con gran cautela y no habían sentido ninguna presión para ir más allá de lo que creían que podían en cada momento. Pero, de repente, a Robert las cosas le parecían diferentes; sabía que los dos estaban dispuestos y, durante los últimos días, se había sentido extrañamente en paz respecto a Anne. La noche antes había soñado que Anne reía y sonreía y lo saludaba con un ademán y luego se despedía con un beso. No sabía adónde se iba y, al despertar, estaba llorando, pero eran lágrimas de alivio, no de dolor. En cierto sentido, tenía la sensación de que ella estaba bien. Le había contado el sueño a Gwen.

Encendió solo una luz en el dormitorio. Gwen lo siguió lentamente y vio la foto de Anne en la mesilla de noche y, por un instante, se sintió conmovida. Era muy triste pensar que había tenido una compañera sentimental tanto tiempo y que ahora estaba solo. Pero tenía a sus hijos y sus recuerdos de la vida que habían compartido. Y ahora tenía a Gwen. Tenía mucho.

Él permaneció de pie, inmóvil, un buen rato, como si saboreara lo que estaban a punto de compartir y luego, con mucha gentileza, le tendió la mano. Ella dio dos pasos hacia él y lo abrazó. Quería liberarlo de todo el dolor que había sentido y consolarlo por su pérdida.

—Te quiero, Robert —susurró—, todo va a salir bien.

Él asintió y tenía los ojos llenos de lágrimas cuando la besó; lágrimas de adiós para Anne y de amor por Gwen. Luego, lentamente, quedaron envueltos en su pasión, sus besos parecieron devorarlos y, momentos después, estaban acostados en la cama. Él ya sabía, por haberla visto en biquini, lo espectacular que era su cuerpo, pero no era solo eso lo que ansiaba; era su corazón.

Cuando, más tarde, descansaban uno en brazos del otro, saciados, somnolientos, satisfechos, la estrechó contra él y ella lo miró y sonrió.

—Me haces tan feliz… —dijo, y era totalmente sincera.

La estrechó con más fuerza, incapaz de encontrar palabras. Ella era uno de los mejores dones que le había concedido la vida.

12

A la mañana siguiente, al salir de la habitación de Robert para bajar a desayunar, se tropezaron con Diana que parecía preocupada. Acababa de entrar a ver a Pascale, que volvía a tener vómitos, y John ya había pedido hora para un médico de la ciudad. No estaba dispuesto a seguir haciéndole caso cuando insistía en que no tenía nada. Estaba claro que no era así.

—¿Qué crees que puede ser? —le preguntó Gwen a Eric durante el desayuno.

Diana había preparado huevos revueltos para todos.

—No estoy seguro. Creo que puede haber cogido una fea infección bacteriana. Necesita antibióticos. De lo contrario, puede acabar en el hospital. En cualquier caso, puede que la ingresen por unos días; se está deshidratando de tanto vomitar —le respondió, pero no parecía tan preocupado como John.

Después del desayuno, cuando Robert y Gwen se fueron a la ciudad a echar unas cartas al correo, Diana se volvió a su marido con una sonrisa de complicidad.

—¿A quién crees que he visto esta mañana, saliendo de la habitación de Robert con una enorme sonrisa en los labios?

Él pareció divertido por la pregunta y fingió pensarlo.

—Veamos… hum… ¿a Agathe?

—Claro, seguro.

También ellos llegaron tarde la noche antes. Habían pasado una noche estupenda, con una buena cena; incluso habían ido a bailar. Era el primer puente tendido después de la pesadilla en que habían vivido durante los dos últimos meses. Todavía tenían que recorrer un largo camino para estar fuera de peligro, pero, por fin, habían iniciado el camino.

—No, era Gwen —dijo Diana con aires de triunfo, como si ella le hubiera gustado desde el principio.

—¡Lástima! Yo esperaba que fuera Agathe. Habría sido muy divertido ver qué conjuntos se llevaba a Nueva York. Me alegro de que sean felices —dijo, poniéndose serio de nuevo—. Los dos se lo merecen.

Como a todos, Gwen había acabado gustándole y Robert nunca había tenido tan buen aspecto. Habían pasado siete meses desde la muerte de Anne; un tiempo largo y triste para él. Según se mirara, había vuelto a la vida bastante deprisa, pero Eric sabía que esas cosas no podían medirse. Además, si algo era bueno para Robert, también lo era para él.

—Es una mujer muy agradable y él es un buen hombre —afirmó.

—Me preguntó qué pensarán sus hijos —dijo Diana, pensativa.

—Es un hombre adulto, tiene derecho a hacer lo que quiera —dijo Eric, encogiéndose de hombros.

—Puede que sus hijos no estén de acuerdo con eso.

—Entonces, será mejor que se acostumbren. Tiene derecho a su vida. Anne lo habría querido así.

Diana asintió; sabía que eso era cierto. Anne era práctica y sensata en extremo.

—Solo porque esté con Gwen no significa que haya olvidado a Anne —añadió Eric.

Diana asentía de nuevo cuando John entró en la habitación. Él y Eric lo habían hablado con calma y John iba a llevar a Pascale al médico. Dijo que esperaba estar de vuelta a tiempo para almorzar. Eric quería que la viera un especialista y que le hicieran una batería de análisis.

—¿Quieres que vaya contigo? —ofreció Diana.

John dijo que no era necesario. Esperaba que Pascale se pondría bien en cuanto le dieran algún medicamento. Eric y Diana se sintieron aliviados al ver que, por mal que se sintiera, en realidad, no tenía tan mal aspecto. Seguro que era un virus. Aunque John tenía un secreto temor a que fuera algo peor y quería que, en cuanto llegaran a casa, en Nueva York, su médico le hiciera un examen a fondo. Todos iban a marcharse al cabo de una semana y los medicamentos la sostendrían hasta entonces. No tenía mucha fe en los médicos franceses ni en nada de Francia.

De camino al médico, obsequió a Pascale con una exhibición de su odio por todo lo francés. Cuando llegaron a la consulta, ella estaba a punto de estrangularlo. Mientras esperaban al doctor, Pascale volvió a vomitar y rompió a llorar, lo cual puso a John absolutamente nervioso.

—Me siento tan mal… —dijo ella con voz lastimera—. Llevo enferma una semana.

—Lo sé, cariño. Ya verás, te darán una medicina y te pondrás bien —respondió él y, mientras estaban allí esperando, incluso pensó en llevársela enseguida a Nueva York.

La hicieron entrar en una habitación, comprobaron sus constantes vitales, le examinaron los ojos y la lengua y la pesaron. Una enfermera con un gastado uniforme blanco y sandalias lo anotó todo. Las enfermeras en Francia no iban tan impecables como en Estados Unidos, pero Pascale estaba acostumbrada y no le importaba tanto como a John.

Cuando, por fin, el doctor la vio, le hizo una larga lista de preguntas. Luego le extrajo un poco de sangre y le dijo a Pascale que la llamaría a casa. Le explicó que no quería darle ninguna medicación hasta ver los resultados de los análisis. Y ella se fue, sabiendo tan poco como cuando había llegado.

—¿Qué ha dicho? —preguntó John, inquieto, tan pronto como ella salió.

Había tardado más de una hora y estaba muy preocupado por ella.

—No mucho —respondió Pascale, francamente—. Dice que me llamará cuando tenga los resultados.

—¿Los resultados de qué? —preguntó John, presa del pánico.

—Me han extraído sangre.

—¿Y eso es todo? ¿Ya está? ¿Qué clase de subnormal es ese tipo? Eric ha dicho que tenía que darte antibióticos. Déjame hablar con él.

Estaba dispuesto a lanzarse contra la enfermera de recepción, pero Pascale insistió en que se fueran a casa.

—No va a darme nada hasta que tenga los resultados. Tiene sentido. Piensa que podría ser salmonela. Quizá tenga que volver y traerles unas muestras, dependiendo de lo que encuentren en la sangre.

—Por todos los santos, Pascale. Este es un país tercermundista.

—No, no lo es —respondió ella, con aire ofendido—, es mi país. Puedes insultar a mi madre, si quieres, pero a Francia, no. *Ça, c'est trop!*

Pero él siguió protestando a voz en grito hasta llegar al coche. Cuando llegaron a casa, le contó a Eric lo estúpido que era el médico, en su opinión.

—¿Por qué no le recetas tú algo? —dijo John, con una mirada suplicante.

—No creo que reconocieran mi firma aquí —respondió Eric, moviendo la cabeza con un gesto negativo—, y para ser sincero contigo, John, el médico tiene razón. Es mejor no darle nada hasta saber qué tiene. No tardará mucho.

—Y un cuerno no tardará. Esto es Francia.

Pero resultó que la enfermera llamó a Pascale al día siguiente. El doctor quería volver a verla y le dieron hora para aquella misma tarde. John quería ir con ella, pero Pascale le dijo que se encontraba bien. En realidad, se sentía mejor que el día antes. Al final, Gwen la acompañó, porque quería hacer unos recados en la ciudad, y las dos se marcharon en el Deux Chevaux. Era casi la hora de cenar cuando volvieron a casa. John estaba muerto de preocupación, pero tanto Gwen como Pascale parecían contentas y confesaron que se habían ido de compras después de que Pascale viera al médico, una visita que no había durado mucho.

—¡Al menos podrías haber llamado! —exclamó John, regañando a Pascale.

Luego le preguntó qué había hecho el médico y ella dijo que no mucho. Le había dicho que estaba bien.

—¿Te ha dado antibióticos esta vez?

A cada segundo que pasaba se iba poniendo más furioso. Había estado preocupado de verdad toda la tarde y Pascale se dio cuenta de que tendría que haber llamado, pero se lo estaba pasando bien con Gwen y pensó que John estaría entretenido con sus amigos. Resultó que se había quedado en casa toda la tarde, esperándola.

—Me ha dicho que no necesito antibióticos, que se solucionará solo —dijo sencillamente.

Tenía ganas de enseñarle a Diana lo que ella y Gwen habían comprado. Habían descubierto una nueva tienda de ropa y casi la habían dejado sin existencias.

—Me parece que ese médico es un completo gilipollas —exclamó John encolerizado y, un minuto después, salió de la sala, pisando con rabia.

Pascale lo siguió. Sabía lo preocupado que estaba por su salud.

Se quedaron en la habitación mucho rato, hablando, y bajaron a cenar tarde. Gwen ya había dicho que cocinaría para todos y, en realidad, era mejor cocinera que Pascale. Incluso consiguió convencer a Agathe para que la ayudara y preparó un encomiable *soufflé* de queso y un *gigot*, que cocinó al estilo francés, mientras saltaba por encima de la manada de perros ladradores de Agathe.

Cuando John y Pascale bajaron a cenar, él parecía más relajado que desde hacía muchos días. Estaba sorprendentemente cariñoso con Pascale, que consiguió obligarlo a reconocer, después de su cuarta copa de vino, que, en realidad, sí que le gustaba Francia.

—¿Puedo grabarlo? —preguntó Robert, tomándole el pelo—. Haremos que lo impriman y que tú lo firmes, como si fuera una confesión oficial. ¿Y qué hay de la madre de Pascale? ¿También te gusta?

—Por supuesto que no. Estoy borracho, pero no loco.

Todos se rieron de él y él se recostó en la silla, fumando su cigarro y sin soltar la mano de Pascale. Ella parecía mejor que desde hacía muchos días. Todos se relajaron y pasaron una noche agradable. Eric y Diana estaban en buenos términos y Robert y Gwen parecían estar muy enamorados. Era un buen grupo de buenas personas y muy buenos amigos. Pese a la cara nueva que había entre ellos, todos parecían haberse adaptado. Después de casi dos semanas con ellos, finalmente habían aceptado a Gwen. Más aún, había llegado a gustarles y, hacia el final de la noche, todos hablaban de volver a alquilar Coup de Foudre al año siguiente.

—La próxima vez, voy a traer herramientas y piezas de fontanería de Nueva York —dijo John con firmeza.

Había librado una constante batalla con su baño desde que llegaron. Pascale dijo que eso le proporcionaba algo que hacer mientras se quejaba.

—Han sido tres semanas estupendas —dijeron todos de acuerdo.

Finalmente, todos se habían relajado y parecían estar en el buen camino. Robert y Gwen con su naciente idilio. Eric y Diana arreglando su matrimonio y John había conseguido sobrevivir a su atragantamiento con un trozo de salchicha. No había habido bajas ni pérdidas. No había ningún desaparecido en acción. Era un éxito total.

La última semana pasó volando para todos. Nadaron, navegaron, hablaron, durmieron. Pascale todavía andaba a vueltas con su virus intestinal, pero parecía encontrarse mejor y John estaba menos frenético. En lo único que podían pensar durante los últimos días era en lo mucho que detestaban volver a casa.

La última noche, prepararon langostas y dos de ellas se soltaron y atacaron a los perros de Agathe. Esta abandonó la cocina corriendo y chillando, con todos los perros en brazos, y Gwen tuvo que arreglárselas sola. Se había ofrecido para cocinar, como de costumbre, siempre que los otros la ayudaran a limpiar. Tomaron la cena en el jardín, en la única mesa decente que pudieron rescatar cuando llegaron. Diana la cubrió con un mantel que había comprado para llevarse a casa y Pascale la adornó con flores. Cuando se sentaron, Eric sirvió el champán. La cena que Gwen había preparado era exquisita y estaba deliciosa. Mientras el sol iba ocultándose lentamente, seguían saboreando cada momento. John encendió un cigarro y Robert sirvió Château d'Yquem. John estaba a punto de desmayarse mientras lo bebía, sabiendo cuánto había costado.

—Es un pecado beber algo tan caro —dijo, disfrutando de cada segundo. Era como oro fundido.

—Pensaba que dividiríamos el precio de la botella entre los tres —dijo Robert bromeando.

En realidad, había comprado la botella para todos. Sabía que a Gwen le encantaba el Château d'Yquem y no le importaba el gasto, para darle un gusto. Había sido muy comprensiva y había hecho la mayor parte de las comidas desde que Pascale se puso enferma. Además, había sido una buena amiga para todos.

—La verdad es que odio volver —admitió Diana.

Gwen habló de la película que estaba a punto de hacer en Los Ángeles. Iba a estar allí cuatro meses. Probablemente hasta Navidad, pero Robert ya le había dicho que se escaparía los fines de semana y ella procuraría ir a Nueva York tan a menudo como pudiera. Los ensayos iban a empezar a la semana siguiente. Ya habían adaptado el calendario por ella, para que pudiera pasar aquella última semana en Saint-Tropez con Robert.

—Supongo que será agradable volver a ver a nuestros hijos —reconoció Diana.

En realidad, no los había echado mucho de menos durante todo el mes. Había estado demasiado ocupada arreglando las cosas con Eric. A los demás, por lo menos, les parecía que lo habían hecho.

—Me muero de ganas de ver al mío —dijo Pascale, sin darle importancia.

Todos la miraron sin entender, preguntándose si estaba bebida.

—Tú no tienes ninguno —replicó Eric, con expresión divertida—, pero puedes quedarte con los nuestros siempre que quieras.

—Ya tengo el mío, muchas gracias —dijo Pascale, de buen humor.

—Me parece que ese virus intestinal le ha invadido el cerebro —repuso Eric, riendo y sirviéndole un poco más de vino.

Entonces ella dijo, mirando a John con una sonrisa muy gala:

—Vamos a tener un hijo. Ese era mi «virus intestinal». El médico me lo dijo el día que fui a verlo con Gwen, pero John y yo queríamos esperar y daros la sorpresa la última noche. —Los otros los miraron, estupefactos. Pascale estaba radiante—. Tendré cuarenta y ocho años cuando nazca y no me importa si parezco su abuela. Es nuestro pequeño milagro. Finalmente ha sucedido. Nunca me había sentido tan feliz en mi vida.

Los otros sabían cuánto habían intentado tener hijos y cuánto significaba para ella. Los ojos de Diana se llenaron de lágrimas.

—Oh, Pascale… —le dijo rodeando la mesa para estrecharla entre sus brazos y besarla.

Robert y Eric hicieron lo mismo y luego Gwen la abrazó y le dijo lo feliz que se sentía por ella. Le confesó que, en una ocasión, se le había pasado por la cabeza, pero no había querido ser grosera y preguntar.

Brindaron por ella con el Château d'Yquem y luego sacaron más champán, pero Pascale siguió con el Yquem, mientras John repartía cigarros, orgullosamente, a todos. Esta vez Pascale no se concedió el capricho. Sabía que fumar un puro justo en aquel momento habría sido demasiado.

—Bueno, no es por quitarle la primicia a Pascale… —dijo Diana, mirando a Eric.

—¿También estás embarazada? —exclamó John, estupefacto, y todos se echaron a reír.

—No, pero no nos vamos a divorciar. Creo que se lo debemos a Coup de Foudre. —El flechazo. Un nombre perfecto para su villa venida a menos y para todo lo que había pasado allí durante aquel mes—. Para nosotros son muy buenas noticias.

Eric le apretó la mano y los demás los vitorearon.

—¡Son las mejores noticias! —dijo Robert de corazón.

Gwen estaba contenta. Diana le había dicho que ella había influido en su decisión.

—Con lo cual quedamos nosotros —dijo Robert—. Ya que todos estáis anunciando cosas… Tenemos una noticia que daros… Vamos a casarnos la primavera que viene, si Gwen no se ha aburrido de mí para entonces o ha decidido que no puede soportaros a todos vosotros. Le habéis dado un trabajo de todos los demonios: ha tenido que salvar el matrimonio de Eric y Diana, la vida de John… y a mí. Creo que tendrían que darle otro Oscar por todo lo que ha hecho. —Lo decía bromeando, pero había algo de verdad en ello—. Esperemos que no tenga que asistir a Pascale durante el parto. Por cierto, ¿para cuándo lo esperas?

—Para marzo, creo. Todavía sigo un poco confusa sobre eso.

—Creo que nosotros nos casaremos en mayo o junio, cuanto Gwen acabe una película que va a hacer la primavera que viene con Tom Cruise y Brad Pitt. Si no se fuga con uno de los dos, se casará conmigo.

—No hay ningún peligro —dijo ella, sonriendo con timidez y mirando a sus nuevos amigos, en torno a la mesa—. Todos habéis sido estupendos conmigo… Ha sido maravilloso estar aquí… y quiero tanto a Robert… —dijo, con los ojos llenos de lágrimas.

Era una noche emocionante, que culminaba un mes importante. Era un nuevo comienzo para las tres parejas, una nueva vida para cada uno de ellos y algo compartido por todos una vez más. Gwen se sentía uno de ellos y cuando Robert la atrajo hacia sí y la besó, los demás sonrieron, mirándolos, mientras el sol se ponía, tiñendo el cielo de oro ardiente, en Saint-Tropez.